OWL 猫头鹰

无人岛生存十六人

〔日〕须川邦彦 著
陈娴若 译

文化发展出版社
Cultural Development Press

前言

长久以来，我一直深深地感觉到，日本虽然是个海岛国家，但几乎没有任何读物能将海洋的气息吹进少年的心中。

不过，自从昭和十六年（一九四一年）十月开始，须川先生着手写了一部《我的无人岛生活》，在《少年俱乐部》上连载了十三个月，每个月我都迫不及待地找来阅读。在阅读的过程中，我也不知不觉被吸引到了故事里。好几次都想回到四十年前的过去，在无人岛上生活。

我们在无人岛遇到船难时所做的一切，都只是自然会做出的反应。而须川先生拥有其他日本作家所缺少的海上经验，更是个在海上航行过的船长，对大海就像自家池塘那般熟悉。也因为他对大海和船只都了如指掌，所以能以顺畅的文笔，写下如此深具趣味的作品。

读完了这个故事，我不禁回忆起往事，想起“龙睡号”船上那十五位了不起的伙伴，也想到了须川先生从前在练习船“琴之绪号”上当实习学生的时代。

然而，一想到这十六名在无人岛上求生的人，现在除了我之外，几乎都已经凋零，真的会觉得有些凄凉。不过我相信，这本书正是对我那现已不在人世的几位伙伴最好的献礼，更是引领下一代少年的、最有价值的一份礼物。

因为这个缘由，故而，得知从前练习船时代的学生须川先生将我的经历写成了故事，并且出版成书，我由衷地感到欣慰。

中川仓吉

目录 Contents

第一章 “龙睡号”出航

第二章　无人岛生活

第三章　一辈子的宝藏

第一章

“龙睡号”出航

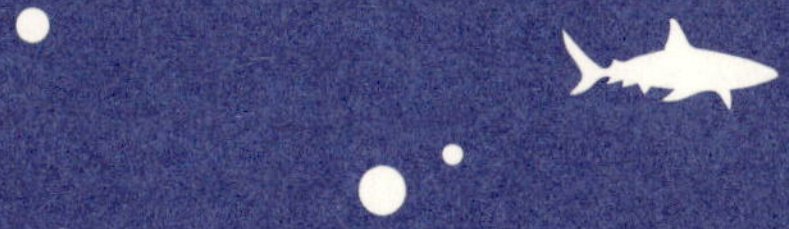

中川船长的话

四十六年前，我还是个东京高等商船学校的实习生，在练习船“琴之绪号”上工作。我的教官中川仓吉老师告诉了我们一段他的亲身经历。这是个令我由衷地佩服，一辈子都无法忘记的故事。

四十六年前，也就是明治三十六年（一九〇三年）五月，我们所搭乘的“琴之绪号”停泊在千叶县的馆山湾。

“琴之绪号”是一艘重达八百吨的全帆装船[1]，三根粗大的桅杆从甲板竖立到天际，每根桅杆都装有五支长帆桁[2]。

抬起头往上看，上方的五支帆桁整齐划一地并排着，看起来好像只有一支，末端笔直地伸出船舷外。

第三支桅杆竖立于船身后方，它的底部就是上甲板。当时，

1. 全帆装船：指有三根或以上桅杆，且全部桅杆均挂横帆的帆船。
2. 帆桁：水平安装在桅杆上用于挂帆的长杆。

我们就身穿白色的工作服盘腿坐在那里，全神贯注地聆听中川教官倚在折椅上，用东北腔[1]激情四射地讲故事。那个情景，直至今日仍然历历在目。

中川教官的身材并不高大，但体格很结实，一张脸晒得黝黑。鼻子下方留着粗黑的八字胡，就像帆桁那般，豪迈地向左右展开。他有一双炯炯有神的眼睛，偶尔还会露出他白亮的牙齿。

中川教官严肃中充满了慈爱，虽然这样的比喻很失礼，不过，他总让我想到方脸的海狗悠然地坐在岩石上的模样。

说起来，我们三个学生穿着洗到灰旧的白作业服，盘坐在甲板上屏气凝神的模样，恐怕也像三只小海豹吧。

1. 东北腔：此处指日本东北地区的方言。

中川教官年轻的时候，曾经上过美国的捕鲸帆船[1]，追寻过鲸鱼的踪影。回国之后，他又成为海獭船的船长，在北方海域捕捉海狗和海獭。此外，他还当过“报效义会”[2]所属的小帆船——“龙睡号”的船长。

报效义会是由郡司成忠会长号召成立的，会员们进驻到日本北端——千岛群岛最末端的占守岛[3]，进行千岛当地的开发。他们以“龙睡号”作为占守岛和内地的联络船，为岛上的居民运送粮食与日用品，也将岛上收获到的特产送往日本内地。

“龙睡号”在南方海上遇难之后，中川船长便成为练习船“琴之绪号”的大副，对我们这些海上的年轻人进行严格的训练。

有好几次，我请求中川教官跟我们谈一谈“龙睡号”在太平洋遇难，漂流到无人岛的故事，现在终于如愿了。

1. 根据一九八六年的国际《禁止捕鲸公约》，世界各国已宣布禁止捕鲸。本书由于写作于一九四一年，因此书中关于捕捉鲸鱼、海狗、信天翁等动物的描述有其时代限制，一些情况也是因为流落荒岛，为了求生不得已而为之，在此特别说明。
2. 报效义会：为日本明治年间的海军上尉郡司成忠所组织的团体，前往千岛群岛探险，开发了最北端的占守岛。
3. 占守岛：俄语音译名为“舒姆舒岛”。千岛群岛中东北方的岛屿。

太阳已经沉入海中，馆山湾笼罩在一片暮霭里。其他的学生因为放假的关系，几乎全部登陆去了。船内一点儿声响也没有。

以下故事，就是中川教官的自述。

“龙睡号”出发的目的

须川君长久以来一直拜托我说说无人岛上的故事。今天，我就兑现这个承诺吧。

出事的“龙睡号”是一艘重达七十六吨、双桅杆的斯库纳帆船[1]，用作占守岛与日本内地之间的联络船。

在冰雪封闭的冬季期间，占守岛上与内地的交通中断。因此，从秋天到第二年的春天，“龙睡号”都会停在东京的大河口，这完全是一种浪费。而且，船上只留下了守卫，技术高超的船务人员都下船去了。

所以到了春天，打算再次出航的时候，一时间也无法顺利召齐所有的船员。这种情形不只发生在“龙睡号”上，北日本的渔船或小型帆船也都会遇到这种窘境。

因此，我想出了一个计划：让船只在冬天避寒的时节，从

1. 斯库纳帆船：又名双桅纵帆船。帆船的一种，所有桅杆都挂纵帆。

南方温暖海域的新鸟岛出航，到小笠原诸岛那边进行渔业调查，一直到春天，再返回日本。

冬天停航的帆船或渔船会有近两百艘，这些船如果都能出海到南方工作，那真的是一件好事。首先，就由“龙睡号”出发去寻找机会吧。于是，我便开始着手进行这项计划。那是在明治三十一年（一八九八年）秋天的事。

我也考虑到另一件事。日本东南端的新鸟岛（这座岛位于北纬二十五度，东经一百五十三度。由于是座火山岛，据说可能因为火山爆发或其他的原因而沉入海底了）附近，有座岛叫作格兰帕斯，那里从前是海盗的基地。某些捕鲸船的船长认为，那座岛只是个子虚乌有的传闻，不过也有船长说这座岛屿确实存在着。虽然是船只鲜少经过的地方，但对关注那片海域的人来说，那是座麻烦的岛屿。

不过不管怎么说，如果能找到这座岛，那肯定是非常好的事情。再加上它是海盗的秘密基地，运气好的话，说不定还能发现他们藏在岛上的宝物。

如果能发现那座海盗岛，我想把那里当作我们的基地，把整个岛屿和周围的海域仔细地调查一番。然后，在岛上开辟田地、种植新鲜的蔬菜，这样就可以预防从前帆船航海人最苦恼的、因缺乏蔬菜而罹患坏血病[1]的问题了。我考虑到这一点，因此准备了大量的蔬菜种子。

另外还有一个好处——到了南海可以捕捞到龙涎香。龙涎香是一种大型水母状的团块，会漂浮在海面上。据说，也有人发现它被拍打到无人岛的海岸。

这种从抹香鲸体内分泌出来的物质可以作为香水的原料，因此价格非常昂贵。有些上等货一克的价格，就相当于重量相同的黄金，而一些龙涎香块甚至可以重达百斤。

我想，如果运气好的话，或许可以捡到个两三块。事实上，以前就不乏捡到大块龙涎香的传闻。

1. 坏血病：因为缺乏维生素 C 所引发的疾病，主要症状是牙龈出血、肌肉与关节肿痛、身体虚弱，多食用蔬菜、水果就可以改善。

探险船的准备

船只行驶在大海上，有好几个月都靠不了岸，而且不论遇到多大的暴风雨，都必须挺住。因此，出发前的准备工作，首要在于将船体修缮完备，更换上更强韧的船具。

航行在广阔的海洋中，最需要的是航海图与详细说明海、岛和海流等信息的海上指南，也就是水路志。计算船位置的各种航海用的精密仪器，有些是从国外订购的，有些则是向海军或商船学校借用的，包括三个六分仪、两个经线仪（精确时钟），又安装了精准的罗盘。这些都是超越渔船等级的配备。

船员们也都是经过精心挑选的海上勇士。

大副榊原作太郎，这位先生致力于远洋渔业长达十余年，曾经担任船长，也当过大副，有时候也从事水手长的工作，是很少见的海上专家。而且，他的品行端正、人品高尚，是个值得倚靠的参谋。

渔业长是铃木孝吉郎，这位先生是渔夫出身，对伊豆七岛到小笠原群岛之间的渔业状况有着丰富的经验。他的船曾多次在海上遭遇灾难，在随时都要应对新事物的远洋渔业调查上，他是个不可或缺的一线指挥官。

另外一位是经历了多年实战磨炼，拥有过人的本领，性情却很笃实的水手长。

还有四名报效义会会员。这些人在占守岛度过了好几个寒冬，尝尽艰辛困苦，对于渔业方面都有相当丰富的经验。

至于船上的两名实习生，都是水产讲习所出身的。两个人现在正在累积海上实习与研究的经验，希望将来能为渔业做出一番贡献，是相当值得赞许的青年。

还有三名居住在小笠原岛的外国人，这些人是从前美国捕鲸船船员的后代，自从小笠原这个无人岛成为外国捕鲸船的基地以后，他们就上岸定居下来。明治八年，小笠原岛划入日本领土，而这些天生的海上男儿便归化成了日本人。

最后是水手和渔夫一共三人。这十五个人都真心诚意地希望成为我的左膀右臂。

船上一般是没有医师值守的。因此，远洋航行的帆船，偶尔会发生一些骇人听闻的惨剧。

比如一艘名叫“日之出号”的猎海狗船，船上所有的船员全染上了天花。就在所有人生命危在旦夕之际，船只幸运地漂流到海岸边，因而才得以获救。

此外，还有一艘南洋贸易的帆船“松坂号”，船上的人员都得了脚气病[1]，因而无法行动。只有三个人能勉强爬上甲板工作，使得船漂流到了小笠原岛。类似这样的船上故事，可以说是不胜枚举。

日本船上的人都吃白米饭，所以有很多人罹患了脚气病，在茫茫大海之中忍受病痛的折磨。

“龙睡号”为了预防这种可怕的脚气病，故而要求全体船员都吃麦饭。

麦饭不好吃，但是因为我们要顺着黑潮[2]航行到遥远的地方，所以希望大家能把麦饭当作强健身体的良药来吃。

大家抱持着这样的想法，吃起了半米半麦做成的饭。

太奢华的食材不适合海上勇士，所以我们在其他粮食的选择上也是煞费苦心：我们尽可能地找寻便宜又营养，并且禁得起长时间热带航行的粮食，存放在粮仓中。

另外，我还果决地要求船员们发誓：

---

1. 脚气病：又名维生素 B_1 缺乏病，会导致末梢神经炎，初期症状为脚部发麻或浮肿等。不同于俗称“脚气”的脚癣。

2. 黑潮：亦称日本暖流，为世界第二大洋流，属于太平洋洋流之一。从菲律宾开始，流过中国台湾东部海域，再沿着日本往东北方流动，最后与亲潮结合汇入北太平洋洋流。

“绝对不在船上喝酒。”

我请医生来为全体人员进行健康检查，然后帮他们接种牛痘。在船上代理医生工作的，不是别人，正是船长我本人。因此，船上也准备了充足的必备药品和医疗器具。

船只漂浮在大海上，饮用水的重要性仅次于性命。恶质的饮用水是疾病的根源。

所以，我们在船上打造了大小两个清水槽，从横须贺的海军专用水管，接引了优质的饮用水储存。

服装则不需要讲究，布料粗陋也没问题。我让大家准备了很多衣服，平时穿得都非常简陋。

但是在寝具方面，我却舍弃了一般渔船常用的棉被，而让全体船员都改用毛毯，这罕见的规定使得卫生条件有了极大的改善。

这次航海的目的在于渔业调查，因此理所当然地在渔具的准备上花费了不少的心力。

我们购齐了捕鲨用的钓具和榨鱼油的工具。钓鲨鱼专用的鱼钩、鱼线、鱼饵，都必须实际对比研究后才能确定用哪些，所以我们从日本沿岸、小笠原岛海域和外国收集了各种不同的工具回来。

另外，为了捕捉海龟，我们还分别准备了小笠原岛海域居民和南洋原住民所使用的工具，也购置了榨海龟油的大锅。

预料到时候也要捕鲸，所以我们便以大型抹香鲸为目标，将捕鲸用具也全部买齐。一旦发现鲸鱼的踪迹，就会用舢板[1]和渔船向鲸鱼进攻。先用鱼叉、短枪、装载了爆裂弹的鱼叉刺入鲸鱼的身体，再与它近身肉搏，进而捕获。

我有过担任捕鲸船船长的经验，而且归化人也都是捕鲸人的子孙。这些人总是一边调整着手边的鱼叉，一边祈祷能早日遇到一头大鲸鱼。

1. 舢板：桨划的小船，通常能乘两三人，大一些的能坐十人左右。常用于江河、近海航行，也被配备于大船上。

大西风

万事准备妥当以后，我们在明治三十一年（一八九八年）十二月二十八日，从东京大川口扬帆出发，第二天驶进了横须贺军港。从海军的水管接引了重要的饮水，将大小水槽放满之后，我们才终于精神满满地将帆拉起，航向太平洋。

“龙睡号”乘载着满怀希望的十六个人，我们在伊豆邻近海域看见了元旦的日出。我们一再回望晴朗天空中巍巍而立的神圣富士山，在顺风中大帆鼓胀而起，一路向着南方轻快地前进。

一天又一天的连续航行之后，一月十七日，我们来到了目的地新鸟岛附近。

这一天的清晨，四周弥漫着蒙蒙大雾，海平面模糊不清，但飞翔在帆船四周的海鸟数量却渐渐地变多了。到了八点多的时候，我们发现海水从原本黑潮的青紫色突然转变为淡绿色，便知道岛屿就在附近了。经过测量，海域的深度有十七英寻

（约三十一米），海底都是珊瑚礁岩。

“有岛！”

瞭望员大声地叫喊，伸直了右臂用力指向前方。

透过淡淡牛奶般的雾气，视线中依稀有个以淡墨勾勒出的岩石状物体，但还是什么也看不清。

我决定在雾气散去之前下锚停泊，便在小锚上系上粗绳，投入海中。

但是，海底全是珊瑚礁岩，所以锚爪滑脱，船只停不下来。船“咯啦咯啦”地拖着锚，被潮水推着走。因此，我把小锚拉起来，在绳索上再系上比小锚大一点的中锚，把两个锚一起丢进海里。锚牢牢地钩住了海底，船停住了。

“好了，来钓鲨鱼。”

船停泊好了之后，我们立刻准备钓鲨鱼。

就在此时，突然刮起了一阵剧烈的西风。狂风“咻咻”地刮向桅杆和绳缆，在海面掀起滔滔白浪，船体在大西风里剧烈地摇晃，锚索绷住钩紧。

“啪！”

一个不妙的声响，粗锚索断了。我们立刻把船里左舷上了粗索的大锚也丢进海里，船体才停止了摇晃。

然后，我们又赶紧降下舢板，放置到被大风刮起了浪花的海面，开始进行回收断线船锚的作业。因为锚上装设了一支大浮标，并用坚固的绳索固定住，所以就算锚索断裂了，只要拉起这个浮标的绳子，也能够把船锚拉起来。

舢板上的人使尽了全力，想要把船锚拉上来，可是却徒然无功。两个船锚应该是紧紧地卡在了礁岩缝中吧。大西风渐渐变得更加猛烈，波涛也逐渐增强。舢板上的人承受着海浪的冲击，还要进行作业真的太过危险了，因此最后还是暂停了起锚的作业。

然而，钓鲨鱼的结果却成绩斐然。在起锚作业的三小时里，甲板上堆集了数十条两米长的大鲨鱼。

时间在大西风不断地呼啸中溜走。到了下午四点左右，不知怎的，帆船突然移动了。我们把船锚的铁链卷上船，才发现船锚不见了。铁链在接近船锚的地方断掉了，今天船锚真是净出状况。在短短的七小时之内，我们就失去了大、中、小三个船锚。

事情到了这个地步，我也一筹莫展，只好先放下船帆，乘着风前进避难去。大风所刮起的巨浪，把船体拍打得七荤八素。第二天黎明时，前方桅杆粗大的支索松了，不过后来总算勉强修好了。

大西风刮得越来越猛烈，那天夜里，船只前方的桅杆从上方折断。而且，甲板下的大饮水槽竟然也破了，清水全部流光。因此，小水槽的水成为我们十六个人的生命源泉。

一整夜，我们全体船员都在与剧烈的狂风大浪作战，也一边紧急在夜里通宵修理桅杆，到了天明之际总算修理好了。但现在除了顺着风的方向行驶之外，也没有其他办法了。因此，我们掉转船的方向，朝东北偏东的方位前进。

大西风刮了一星期，二十四日中午，我们已经被吹到新鸟岛东方数百海里[1]之外。说得精确一点儿，就是东经一百七十度附近。

现在已经没心思去什么海盗岛探险了，如果想回日本的话，就得驾驶这艘桅杆断裂、索具松脱的小帆船，逆着大西风，与

1. 1 海里约等于 1.852 千米。

狂风怒涛奋斗一千海里以上。虽然距离远了一点儿，但最保险的方法还是顺着风向，前往夏威夷群岛的檀香山港避难。在那里把船身修理好，做好万全的起航准备以后，再返回日本。人家说“欲速则不达”就是这么一回事。

此外，往檀香山航行的话，也可以沿着岛屿前进。一旦粮食吃光了，可以钓鱼来吃，也能够登岛取得饮用水。万一真的没水可用，还可以利用这些岛上大量栖息的海龟——海龟的肚子里通常都存有一到两升的清水。

这些岛屿附近吹的是东北信风（一年到头固定吹着来自东北的风），但我们相信，即便大西风停了，吹起反方向的东北信风，我们也可以顶着这种程度的风逆向航行。打定了主意以后，我们便锁定目标，往檀香山航行。

不过，为了尽早获得饮用水，我们决定先到最接近的岛屿，也就是先到夏威夷群岛中的中途岛去。

中途岛距离檀香山港大约一千海里，位于夏威夷群岛的最西端，岛屿高度约为海平面以上十二米，但只要稍微往下挖就会有清水涌出，所以我认为可以先到这个岛上汲取饮用水。不过，因为大西风太过于猛烈，无法驶近岛屿的岸边。最后只好无奈放弃，转往檀香山前进。

之后的日子，“龙睡号”每天不停地前进。到了第十一天，也就是二月四日，在第一次看到夏威夷群岛的岛屿后，每隔三四天就会看到小岛，于是我们便沿着岛屿前进。

由于取得饮用水最为要紧，我们每到一个岛屿附近便会放下渔船，出外去寻找水源。然而，因为波浪太过汹涌，无法登上岸，而能够登岸的岛上又没有清水。

不过，在这些无人岛上，随意便能捕获到那种大型海龟——龟壳长达一米左右的绿蠵龟（绿海龟），而且它的肉质比牛肉还要鲜美。此外，无论在哪个岛屿附近，都能钓到两米以上的鲨鱼，要多少有多少。

我们就这样朝向一望无际的天空和海水，扬帆轻驰。接着过了二月，来到三月十五日。那天下午两点，在西北方的海平面附近发现了一缕黑烟。

是汽船。

我们准备好了国际信号旗[1]，等待着汽船靠近。这是有原因的。靠机械动力航行的汽船，不会受到风向或海流的影响，能够朝着目的地直线前进，同时也能知道自己行驶的速度。因此，在茫茫大海之中，他们可以清楚地知道自己船只的位置。

然而，帆船必须依靠风的动力前进，航行时会受到风的方

1. 国际信号旗：一种船只间运用旗帜沟通的系统，能让船只之间快速传达彼此的想法。

向、强度以及海流等因素阻挠，所以无法像汽船那样前进。

因此，每当帆船在海上遇到汽船时，就会询问对方：

“这里是什么地方？”

这是全世界航海人的惯例。

海平面上的一缕黑烟逐渐变粗、变浓。不久后，桅杆、烟囱和船体都从海平面上浮现，逐渐向我们靠近。我们在船尾升起了一大幅国旗，虽然我们船身小，但也是堂堂的日本船只。船上的十六名船员，代表了日本的国民。而对方的汽船，则悬挂着美国国旗。

下午三点四十分，两船的距离接近八百米。我船在桅杆上升起国际信号旗，向汽船打出了信号。

“请出示贵船的经纬。”

汽船响应我们的信号，升起了许多信号旗。把这些信号旗的意思连接起来，就是：

“西经一百六十五度，北纬二十五度。”

这样就能得知我们船只确切的位置了。

“感谢您。”

“祝福贵船有趟愉快的旅程。”

打出了感谢信号以后，汽船也升起这个信号来响应，之后驶离我们这艘摇摇晃晃的小帆船，渐渐远去，不久后便消失在海平面的彼方。

汽船和帆船就像是龟兔赛跑。我们的“乌龟船”再次把船头对准檀香山，加速前进。

二十二日清晨，我们抵达檀香山外海。我们升起了信号旗，呼叫港口的领航员，在拖曳船的拖行下，“龙睡号”进入港内停泊。

我上岸了以后前往檀香山的日本领事馆，向领事提出海难报告书，说明进入这个港湾避难的缘由。另外，还附上了英文的海难报告书，委托日本领事交给檀香山市政府。

世界海员的典范

“龙睡号”顺利得到了庇护，但是眼前还有个大难题需要解决，就是船体需要大幅整修一番，必须买一副新的船锚，也要补充粮食才行。然而，“龙睡号”已经没有预备金了。

做梦都想不到，我们的船竟然会在外国的港口进行大幅的修缮，还要购买粮食。“龙睡号”的船主——报效义会是个穷困的团体。这次航海的目的，原本是希望趁着冬季行驶到南海海域捕捉鲨鱼、海龟，以及一些海鸟。如果可以的话，再捕捉些抹香鲸来获取利益。

因而我不得不向侨居檀香山的日本人求助，表明我们的船只一毛钱都没有了。

而日本侨胞的回答令人动容：

“我们很同情你们。我们也是日本人，因此会尽力帮助你们的。”

他们在日文报纸上刊出了“义助‘龙睡号’募捐活动”的广告。但在当时，不知是什么缘故，在檀香山的外国人之间，散布着奇怪的谣言：

“看看那艘船，只不过是艘日本小帆船罢了，却挂着那么大的太阳旗，这些人真是太傲慢了。他们宣称入港是为了避难，但在进入檀香山港之前，还超过了沿岸定期航线上的小蒸汽船呢。说什么遭遇到大风浪，根本是为了逃税所编造出来的谎言。”

檀香山聚集了各个国家的人，谣言在大家口耳之间流传。

于是不久后，停泊在港口里的“龙睡号”收到了港口公所送来的一份文件。

“急件　请船长亲自至本处报到。”

我上了岸，前往公所，被领到一间豪华的大房间的门口。

正前方挂着一张大海图，它的前面是一张大桌子，三名美国官员正坐在椅子上瞪着我瞧。

我战战兢兢地走进室内，官员们站起来和我握手，问候过一巡之后，对着我说：

“船长，请坐。”

我在椅子上坐下，与三名官员隔着大桌子相望。在那张桌子上铺展开了一张海图。

马上，其中一名官员语气平静，但不留情面地说：

“船长，据你所提出的说明，声称是为了避难才进到檀香山港的吧？”不等我的回答，他立刻又指着桌上的海图说，“可是，请看看这张海图。你的报告里说，你们的船是在这里失去了锚，又因为大西风的侵袭，所以桅杆断了，水槽也破了，然后才漂流到这里。但照理说，从这一带开始，海流是从东北方而来，又吹起了东北信风。你们逆着海流和风向，还能航行两千多海里，这样的小帆船还能称得上是遇难船吗？另外，在入港之前，你们不是还超过了沿岸定期航行的蒸汽船吗？所以，你的海难报告书是假的，我们不接受伪造的报告书。”

然后，他把我先前请日本领事馆转交的英文海难报告书推到了我的面前。

这实在是太出乎意料了，而且让我很生气。但是，你们将来到国外去，也会遇到类似的情形吧。这种时候一旦生气，你就输了。只要好好地说明，对方一定就能了解的。

因此，我把遇难的来龙去脉从头开始慢慢地、仔细地解释了一遍。不对，应该说是把我们的做法给他们讲解了一遍。因为这可是事关全日本船只信用的大问题，而且关系到夏威夷日本侨民的名誉与信用。我费尽了口舌、真心诚意地努力让他们了解事实。到最后还不忘强调：

“说了这么多，各位先生还是认为这份海难报告书是伪造的吗？”

俗话说：“诚意也会感动天地。”真的没错。听完了我的话，这三名美国官员都站了起来。其中一个伸出一双大手，突然紧紧地握住我的手，用力地摇晃着说道：

“船长，我们都了解了。”

三人威严的面容转变成灿烂的笑容。另一名官员则说：

“好的，我们也开始对船长的处境感到同情了。对了，同情的第一步就是贵船的入港税、停泊船税，还有领航费及拖曳船费都将由公所捐助。其他还有什么我们帮得上忙的地方吗？”

于是，我说：

“我们目前需要的是干净的饮用水。”

话才一说完，一名官员便立刻回答：

“什么？干净的饮用水？这个太容易了。在船长回到船上之前，运水船就会停靠在‘龙睡号’的隔壁了。我立刻打电话下令……”

我走出公所后直接去了日本领事馆，向他们报告过程的始末。

“太好了！此外，贵船的修缮费用已经确定全部由本地日本侨民捐助，代为支付。所以，请尽管放心，好好地把船修好吧。”

听到这个消息，我全身上下都充满了对同胞的感激之情。而且，这笔费用竟在一星期之内便已经筹足。

自从檀香山的官员解开误会之后，大众对“龙睡号”的评价也顿时好转起来。外国报纸开始每天刊登一些赞扬我们的新闻。

像是“龙睡号”的船员们很有礼貌、品性良好，又守本分，而且全体船员滴酒不沾。

所有的外国人都相信，酒是全世界海员最好的伙伴，可是“龙睡号”的船员却一律滴酒不沾，外国人觉得这种情况简直是难以置信。

正当这个时候，檀香山的港口停泊了一艘基督教的布道船。

这艘船是为了宣扬基督教而准备的，计划前往南洋一带宣教。船上的工作也很重要，所以他们需要品行端正而且禁酒的海员。然而，这种海员全世界难寻。就在这种成见之中，他们看到了关于“龙睡号”船员的报道。于是，布道船有意把“龙睡号”的船员，从大副、水手、渔夫全招揽到自己的船上去。

他们说：

“像‘龙睡号’那种等级的船，一定还会再遇难，下一次可就没有人救你们喽。你们的月俸一定很低吧。吃的又都是大麦饭，实在是太可怜了。但是在布道船上，每天三餐都能够吃西餐，月俸高出好几倍，而且每年供给船员四套制服、鞋子和帽子。船身既宽敞又干净，还是住单人房，每天都能洗澡，水也可以正常使用。航行几乎每个港口都会停泊，不用担心暴风雨来袭，而且每天都能来听传道。怎么样？离开‘龙睡号’，来我们这里吧。每个月还能寄钱回国，孝敬父母呢。”

他们开出这样的条件想要招揽“龙睡号”的船员，然而我们十六个人却完全不为所动。

这又让外国人大为感动，直说“‘龙睡号’的船员是世界海员的典范”。他们向日本领事馆要求捐钱给“龙睡号”，也捐赠了物资给我们。

领事说：“谢谢你们的好意，但是船身修缮的经费已经由日本人全数承担了，所以无法接受你们的金钱资助。那我们就接下物资，送到‘龙睡号’上去吧。”如此委婉地拒绝了外国人的金钱捐助。

就这样，船只修缮得以顺利地完成，我们选在四月四日重新起程。

“龙睡号”两星期前入港时，桅杆断裂，又失去了船锚，宛如一只少了螯的螃蟹。而且，水槽破损，整艘船伤痕累累，十分凄惨。可是现在船上立起了新的桅杆，船锚也买齐了。从上到下都整修得结实完备，仿佛重生般焕然一新。

到了四月四日清晨，“龙睡号”在领航员的指引下，由港内拖曳船拖着，浩浩荡荡地驶出港口。

国旗在船尾飘扬，是我们兄弟同胞和外国友人的温暖人情促成了这一切。停泊在港口的外国船上的人们走上甲板，朝着被拖曳船拖行离去的“龙睡号”或挥动帽子，或举高了手向我们道别。

冒着黑烟前行的拖曳船，将“龙睡号”拖到港口的外海。港口外和风徐徐吹拂。

拖曳船放下与“龙睡号”连接的曳绳，领航员也要准备离去了。他紧紧地握着我的手说：

“那么，祝你一路顺风，船长。希望你们有趟愉快的航程，满载丰盛的收获，平安回到日本。”

随即，他跳到系在“龙睡号”船舷旁的小艇上，大声呼叫：

“有没有人要寄信啊？有人有信要寄回故乡的吗？这是最后一班邮车喽！”

领航员亲切地提醒我们，因为“龙睡号”出航以后，在回到日本之前，会有好几个月的时间没办法寄信。

“谢谢。不过，大家都已经寄了。”

于是，他微笑地点点头，高举着他的手，示意拖曳船拖着自己所乘坐的小艇返回港湾中。

回头远望，港口渐渐离我们远去。再见了，檀香山港。因为意想不到的事件，让我们对许多国内外朋友的善意深深感激。但是，我们心里最挂念的还是占守岛上的人们，他们又是多么殷切地等待着“龙睡号”的归来啊！真希望我们能像射出的箭矢一般赶紧飞回去。但是在前方，却有着难以预料的命运等着我们。

返回故国

“龙睡号”现在已经投入大自然的怀抱，在大海中奋勇地破浪前行。在舒爽的和风吹送下，船帆鼓了起来。我们把船首对准航路，沿着夏威夷群岛的无人岛前进。

朝着日本直线前进，其实是回家最近的路线。可是，中途不但海水很深，而且鱼类也很稀少。所以，虽然会绕一些远路，但我们还是沿着岛屿前进。

一方面是因为在这些岛屿的周围一定会有很多的鱼群和鸟类，如此我们便可以仔细地调查生态了；另一方面，从前在这些岛屿一带有很多的抹香鲸出没，追捕鲸鱼的捕鲸船还曾经发现无人岛的存在。然而，最近几年来，抹香鲸完全失去了踪影。推测很有可能是因为这一带鲸鱼的食物——墨鱼和章鱼消失了。也或者是洋流发生了变化，导致鲸鱼也跟着消失了。如果洋流真的有了改变，那我们一定要调查清楚。

如果真的发现了鲸鱼的踪迹，我们就要展开勇猛的捕鲸行动，如此会增添一些乐趣。

此外，我们也必须考虑到饮用水的问题。尽管有一大一小两个水槽，但是我们的船只太小了。如果饮用水用完了，并非每个岛屿都可以找到饮用水。所以，最好还是前往中途岛靠岸，把水装满了再走。这也是沿着岛屿前进的原因之一。

不过，因为我们的帆船是依靠风力航行的，所以就算沿着小岛航行，从一个岛到另一个岛也需要花上三到四天的时间。

然而，不论是哪一座岛屿，只要行驶到周围，就会有很多的鱼群。此外，海鸟——信天翁更是成群飞翔，鲨鱼也相当容易捕获。但是，渔获即使再丰收，我们也不能在一座岛上耽误得太久。这趟航行赶时间，我们必须早一点儿回去才行。所以，连岛上的调查工作都是草草地结束，然后继续我们的行程。

航程中第一次看到了尼豪岛。这座岛屿荒芜苍凉，遍布着光秃秃的岩石，无人居住。但是，由于很早以前曾经有过人烟，所以遗留着由矮石墙所围成、类似于祭拜场的地方，以及大量的石像。从前的人乘船过来定居，所留下来的东西就像个博物馆一样，海鸟、鱼群也很丰富。

接着看到的，是海底火山爆发的熔岩所形成的岛屿，上头怪石嶙峋。岛的尾端尖锐地矗立在海中，终年与浪涛进行搏斗。

从大海上席卷而来的碧波大军形成一列横队，有规律地保持着间隔，一波又一波朝着岩石的城堡猛攻，奋不顾身地冲上前去。而它们所发出的回响，震撼了整座岛屿。雪白而破碎的浪花塌陷下来附着在岩石的底部，飞溅的水花掩盖了高耸的悬崖。热带的强烈日光直射在上头，于悬崖的肩膀架上了一道七色彩虹。这场战斗永无休止，在永恒的岁月之中一再上演。

船上的人们偶尔会目睹这样的情况，并因而再次深深地体会到大自然的力量。同时，也会明白和大自然的力量相抗衡时，自己有多么渺小。这时候，意志力反而会因此而迸发出来。

荒凉的岩山上四处分布着深邃而黝黑的洞窟。数不清的海鸟不断地发出诡异的鸣叫声，在头顶上方盘旋乱飞。在岩石上休息的海鸟，神态也充满了警戒。这座岛屿名叫“内克”，是一座无人岛。

上午十点左右，我们开始海钓。今日鲨鱼大丰收，它们一条接着一条不断地被钓起，全部是大鱼。我们把三米长的大鲨鱼灵巧地拉到甲板上，光是看着也感觉痛快。但是，要把鱼钩从鲨鱼的大嘴上解下来的时候，手可得特别小心。当它在甲板上翻滚时，脚也要特别留意，绝对不可大意。倘若被它尖锐的牙齿咬到，无论是手或脚，都会被它一口吞下肚。这种鱼不管是在体形上还是凶性上，都已经不是钓鱼可以形容的了，根本像是在猎捕猛兽。

站在桅杆的底部，把堆在甲板上的鲨鱼一一切下鱼鳍的，是生于北海道国后岛的渔夫——国后。他是个肩膀宽阔、手脚粗壮，有着圆圆脸蛋的小伙子。站在他对面，负责处理鱼鳍的是归化人小笠原。蓝眼睛、留着落腮胡的小笠原今年五十五岁，是个老练的捕鲸人，他是这艘船上年纪最大的。年轻的船员都视他如父亲，叫他“老爷子”。小笠原老人是个真正的海上勇士。

国后看着这座岛屿说：

“老爷子，你看那座岛，感觉很不简单啊。”

“嗯，它不是一座寻常的岛屿，其实还有个关于它的故事。”

小笠原捏着鱼鳍，凝视着岛的方向。

这番话正好被经过的浅野、秋田两个实习生听到。两个实习生才刚刚结束上午在船长室里的课程，抱着笔记和书本，正想回到船头的舱房去。他们不时左闪右躲，偶尔跨越正在跳动的鲨鱼。刚好走到一半的时候，听到了这席话。

“老爷子，这些布满了各种怪石的小岛，还有什么典故吗？”

“有啊。不过，你们年轻的学生还是不要听比较好。”

实习生浅野伸过头来：

“您快点告诉我嘛。我一定仔细听，这也是一种学习啊。船长经常给我们讲这些事。”

“说得也是，那我就说给你们听吧。”

小笠原站起来，指着那座岛。

“注意听哦。那座山有八十四米高。虽然是一座无人岛，但是却留着古代人居住过的遗迹。最令人在意的，是那座山上排列了三十几座墓碑呢。”

“三十几座墓碑？”

“以前，有艘外国船遇难了，船上的人纷纷漂流到那座无人岛上。他们住在岩窟里长达七年，最后都饿死了，后来才有了那些墓碑。”

浅野、秋田和国后再次望向岩石山的顶端。

南海炽烈的阳光在岩块上投射出恶魔般的影子，然后突然一阵旋风飞过其上，原来是海鸟群。

波浪的白牙一口一口噬咬着岛屿的边缘。

故乡远在数千海里之外，想到在这无人孤岛上化成三十几座墓碑的人们，实习生秋田带着感性的声音说：

“都撑了七年了，最后却还是饿死了……他们没办法钓鱼吗？”

这时候，突然间，有个人从后面拍了拍两名实习生的肩膀。两人吓了一跳，转头一看，是渔业长。

渔业长从口袋里掏出几片饼干，向海面丢去。

飞翔在船身四周交缠在一起的海鸟们突然间冲了过来，将饼干一片不剩地叼住，兴奋地吃下肚。

“为什么要喂那些鸟呢？”

听实习生浅野这样问，渔业长以眼神指向那座岛屿：

“我是供奉给岛上的墓。”

“但是，都被鸟儿抢走了。”

“就算被鸟吃掉，但心意也传达到了。”

所有人都沉默了，静静地望着小岛。

小笠原大声说：

“每个人最后的终点，都是躺进坟墓，这是天经地义的事。

但是，这些人很伟大，他们努力支撑了七年啊！太了不起了！怎么样，年轻的小伙子们，换作你们能撑得下去吗？”

三个年轻人几乎同时说道：

“当然能。就算是十年，我们也撑得下去。”

“我们船上的小伙子个个都有种。这样子的话，我们老人也可以放心了。哇哈哈哈……”小笠原老人用爽朗的笑声冲淡了哀伤的气氛。

就在闲聊之中，船只轻快地行驶，阴森森的岩山、怒涛拍打的回声，不知不觉间被我们远远地甩在后方，在海平面的彼端变得越来越小。但是，三十余座坟墓的故事却停留在了三个年轻船员的心里，久久无法散去。

他们从来没有想过，自己有一天也会遭遇到同样的灾难。

海龟之岛，海鸟之岛

现在，我们“龙睡号”踏着浪花，沿着夏威夷群岛向西北方航行。

某一天拂晓时分，我们眼前出现了一座礁岛，那正是法兰西护卫舰暗沙（French Frigate Shoals）。法兰西护卫舰暗沙是个弯月形的大型珊瑚礁，这个珊瑚礁中分布着数个小砂岛。我选了其中的一座砂岛，将“龙睡号”停泊在一海里之外的海面上。

我想立刻派遣一队人马上岛勘察，于是放下了渔船，让渔业长带着水手和渔夫五个人在砂岛上了岸。

渔船停靠在砂岛旁，六个人一上岸便看见有许多黑色的庞然大物正在蠕动。走近一瞧，原来是几只龟壳将近一米的绿蠵龟正在缓缓地爬行，另外还有几只玳瑁混杂其中。

“来得好。把它们统统抓起来！”

大家从侧面把海龟翻过来，让它们肚子朝天。

这么一来，沉重的甲壳被压在身体下的海龟们只能不断地摆动它的短腿和头，想逃也逃不掉了。这种大海龟的头孔武有力，如果想从头部把它翻过来的话，得要三四个大人一起使尽力气才能办到。但如果从尾部的话，只要一个人就能轻易翻过来。海龟的重量小的有一百三十千克，大的甚至可以重达两百二十千克。

我们把海龟放进筐里，两人一组将它们抬到系在海滩边的渔船上。

大家看到海龟大丰收都很开心，于是一只又一只地运过来，海滩上的渔船不一会儿就装满了翻肚的海龟，还因为乘载的太多，浪花都快打进船里了。

渔业长大声地嚷道：

“不要再抬了！堆了那么多海龟，船会被压沉的。我们得分几次运回母船才行。”

母船上，由我领军，将所有留守在船上的人全叫了出来，将渔船载运过来的海龟接过来。甲板上堆满了翻着肚子的海龟，大家对这趟满载而归的探险感到十分满意。

我们的船离开了这座属于海龟的珊瑚礁岛，继续朝西北方前进。

接着驶过一座三角形的、山顶雪白的岛屿附近。这座岛名叫加德纳岛（Gardner Pinnacles），岛上草木不生，山顶的一片雪白其实是由鸟粪堆积形成的。

这座岛的海鸟出奇地多，几乎可以称作是“鸟岛”。放眼望去，成群飞翔的鸟儿把天空化成一片雪白，整座岛仿佛降下了冰霜。

经过这座岛之后的第二天，中午左右，瞭望着海平面的瞭望员在遥远的海平面看到了一个物体，那个物体好像还长了两三根头发。那个是莱桑岛。

那是座低矮的珊瑚礁岛，白沙上长满了翠绿的藤蔓和杂草，显得非常美丽。两棵椰子树和一棵昌化枥是这座岛的特征，也成为航海人很好辨认的标志。十几年前，美国人运送了很多劳工渡海来此，大规模地采掘鸟粪运到夏威夷岛，当作种植甘蔗的肥料。

岛屿四周的海上栖息着大量的鱼类。总之，因为有大量的鱼群作为食物，所以鸟类也群集于这个地方。

“龙睡号”从檀香山出航之后，不知不觉已经过了一个月。到达里西安斯基无人岛时，已经是五月中旬了。

我把船行驶到里西安斯基岛附近，下了锚，在这里检查判断船只位置的精确时钟和经线仪是否正确。我们用六分仪计算上午、正午、下午的太阳高度，计算地球的纬度和经度，查验之后发现我们的经线仪是正确的。

里西安斯基岛是座低矮的砂岛，岛上野草、矮灌木丛生，也有很多海鸟、海龟和鱼群。

海岸上躺着几头海豹，一副以岛主自居的模样，但一看到我们上岸的身影，便都逃进海里面去了。

这座岛是以俄语命名的。一八〇五年，俄国帆船发现了这个岛屿，便以该船船长的名字为这座岛命了名。

调查过这座岛之后，五月十七日，“龙睡号”转向前往位于西北方、夏威夷群岛中最边陲的小岛——浮在水面上的中途岛。

此时，“龙睡号”上乘载的食物有鲨鱼千尾、绿蠵龟三百二十只、玳瑁两百只和许多的海鸟。

在所有的海鸟中，又以信天翁的体形最大。信天翁的肉虽然可以食用，但是并不好吃。它们的蛋也可以食用，大的鸟羽可以用于西洋女帽的装饰，至于胸口上的软毛，则适合用来填塞女性大衣的内里。其他的毛也能出口，当成枕头、棉被填充的材料。

信天翁从海面起飞的时候，若是有风吹来，它们只要朝着风，将宽大的翅膀左右展开，就能丝毫不费力地轻飘飘浮上天空。但是没风的时候，就得像其他鸟儿般不断拍打翅膀，用脚划水，做出在水面快跑的姿势，猛力飞起。

信天翁在陆地上行走、奔跑的动作十分笨拙，如果人从正面向它走去，它只会挥动翅膀，却不知道躲避。如同日本人给它取的名字“阿呆鸟”，轻而易举就会被人抓到。因此，无人岛上成群栖息的信天翁，转眼间就被上岸的船员用粗棍子打昏后捕到了。

总而言之，“龙睡号”这次收获丰硕，而且也完成了对所有岛屿的调查，成绩斐然。在中途岛汲取了饮用水之后，接下来就要直接穿越大洋，回到日本去了。

“龙睡号”的所有成员都打起了精神。

珀尔和赫米斯环礁

挥别里西安斯基岛，朝中途岛出发的第二天，也就是十八日中午，我们在测量船的位置时，发现比预定的航线往北偏离了约二十海里。这一带的海流一直往北走，潮水比预期中强大，所以船只也就这样被推离了航线。

如果要到中途岛，必须从珀尔和赫米斯环礁南侧穿过才行。它是由一群小岛和暗礁所组成的，一旦撞到暗礁将会十分危险。因此，不论船再怎么被水流向北方推，也要保证与珀尔和赫米斯环礁最南方的暗礁距离十海里以上。于是，我们依据这个原则决定了船只的航行方向。

“龙睡号”自檀香山起航以后，将帆完全张开，乘着不停吹拂的东北信风，航行得好不轻快。

珀尔和赫米斯环礁是由几个低矮珊瑚礁小岛与一群暗礁组成的，这些礁岛散布在南北九海里半、东西十六海里的广阔洋面。以前便流传了许多关于船难的传闻，其中之一便是一八二二年四月二十六日晚上，英国有两艘捕鲸帆船珀尔号和赫米斯号，在彼此相距十海里的小岛上同时搁浅，船身破裂。后来，这两艘遇难船的船员聚集到一座岛上，在无人岛上开始生活。他们将两艘毁损船只的木材、木板和钉子拆卸下来，众人合力建造了一艘约三十吨重的小船，乘着它好不容易回到了夏威夷岛。从那时候起，人们就用这两艘船的船名——珀尔号和赫米斯号做了这群珊瑚礁的名字——珀尔和赫米斯环礁。

这两艘捕鲸船是木造船，所以可以用破损船体的木材重新建造一艘小船。如果是铁壳船的话，可能就没办法造船回夏威夷了。而且，从前帆船的船员个个身手不凡，大都能做些木工粗活。

“龙睡号”为了能安全地通过珀尔和赫米斯环礁地带，张开了船帆乘着满满的风，朝着中途岛前进。

不久后，太阳下山，到了十八日晚间十点左右。突然间，连日来强劲的东北风悄悄地停止了，连一丝风也没有。

依靠风力前进的帆船一旦没有了风，就无计可施了。这种时候，下锚停泊是最安全的做法。

我们测量了一下海的深度，准备下锚。结果，海水相当深，测量到一百二十英寻（约二百一十九米）的深度，测深线[1]却还没到达海底。也就是说，大海深度高达一百二十英寻以上。

无可奈何之下，只好先让船漂泊一阵子。船随着潮流越漂越远了。

不知不觉间，波浪的起伏越来越大，船身也开始大幅摇晃起来。黑暗幽深的大海像是在玩弄无法动弹的帆船一般，渐渐加大波幅，用力地晃动船身。

值班完想要小憩一下或上床睡觉的人，都被这番摇晃吓得睡意全无。我不时跑上甲板注视着天空，想要看看起风了没有。

就这样，惊恐的夜晚结束了，来到十九日清晨。昨天晚上风停止之后，天气就开始转变，乌云覆盖了天空、遮蔽了太阳。

只要有一点点阳光就能通过观测太阳来确认船只目前的位

1. 测深线：船上一端悬有重锤，用以测量水深的绳索。

置。所以，我准备好了六分仪，和大副两个人专注地望着天空。没有任何事比不知道我的船所在的位置更令人恐惧了。

于是，我也要求加强瞭望，叫两个人爬上桅杆负责监看情况。两小时轮班一次，从早到晚不停地监看四周。

不论是站在桅杆上还是站在甲板上的人都睁大了眼睛看着船四周的海平面。海平面是不是有岛屿？海的颜色是不是正在改变？有没有海鸟成群飞过？我要求他们只要看到这些异动，就立刻通知我，但是他们却什么也没有看见。

在这附近的热带海域，天气好的时候从桅杆上瞭望整片海面，就能从水色的变化发现暗礁或是水浅的地方。最棒的一点是，太阳高于海平面，因此当光线从后方投射下来时，就算只有一点点浪花，也能够分辨得出来。

海水的颜色粗略来区分，一米左右的浅水处是淡褐色。十英寻到十五英寻（约十八米到二十七米），是偏蓝的绿色。海水越深，蓝色便会越少，到了二十英寻以上的深度，海水就变成了绿色。深于二十英寻（约三十六米）的深度，则是深绿色。三十英寻（约五十五米）以上的深度又会呈现出蓝色，但会是蓝黑色的那种蓝。

此外，当接近水面的暗礁遇上波涛时会激起白色的浪花，这一点很容易被发现。

而鸟类成群飞翔的下方常会有小岛，这也是不言而喻的事实。虽然说鸟也会飞翔在鱼群之上，但是从飞翔的姿态就能够判别。当海鸟绕着圈圈盘旋的时候，下面就一定会有鱼群。

无论如何，我们都把船锚准备好了。只要一到水浅的地方，就会立刻下锚。尽管知道海水很深，我们还是不时地去测量海的深度。然而，测深线一直到不了海底，潮水的流速又很快，大家都很忐忑不安，不知道接下来的命运会是如何。

十九日就在恐惧与不愉快之中度过了。

瞄准暗礁

夜空中一颗星星也没有。白天，渗出黑色的蓝色海洋涌起又沉下。摇晃船身的大浪在漆黑的夜海中变得更为巨大，上下漂浮着，不知到底要把船推到什么地方去。

我们像被大自然无形的绳索给捆绑住了似的，船只与船员们都束手无策，只能任由潮流摆布。浪涛像是在讪笑人类的软弱，一再摇晃着船身。这种时候，身为船长的我心中的煎熬，就算说得再多，没有经历过的人又怎么能够了解呢？

船内报时的半夜时钟“当当当……”地敲了八声。这八声钟鸣响完之后，就代表到了二十日零点。

大约过了一个钟头，我离开自己的房间，走到船尾甲板去找大副。

“真是伤脑筋，完全没有要起风的迹象。无论如何，我们都要再继续测量水深看看。”

我这么说着，站在一旁测量深度的水手以颤抖的声音报告：

“一百二十英寻测深线到底了。”

一听到这句话，我立刻大声吼道：

“全体就位！”

接着，我把所有休息的人都叫了起来，全船进入高度警戒状态。

我让水手立刻再测量水深，得到了“六十英寻”（约一百〇九米）的报告。

一百二十英寻突然变成只有六十英寻的深度，这是船已经接近珀尔和赫米斯环礁的证明。珀尔和赫米斯环礁是陡峭直立的岩石，宛如屏风一般从深海海底耸立而上。由于它的头部只稍稍露出海面，所以即使岩块的半海里之外，也只有六十英寻的深度。

船已经逃不掉被推向珀尔和赫米斯环礁的命运了。再漂到更浅一点儿的地方，就必须立刻下锚，就算海底是砂石、岩块也不管了。我下令：

“准备下锚！”

接着，就只听到测量水深的水手喊道：

“四十英寻！”

“三十英寻！”

水变浅的速度非常快，船一秒一秒地朝暗礁处漂过去。

“二十英寻！”

礁石已经近在咫尺了，我下达命令：

“右舷下锚！”

“扑通。咔啦，咔啦，咔啦……”右舷的锚从船头滑落海中，连接船锚的链条滑动的声音听起来与平常不太一样。状况千钧一发。

然而，因为海底是岩层，锚爪无法固定。船只“咔啦咔啦”地拖动船锚，继续漂流着。

扑上浅海岩块而激起的波浪，与外海方向所涌入的波浪，肯定让深夜的大海激荡澎湃吧。船身的摆动太过激烈了，导致甲板上的作业都无法进行。

“锚定着了！”

水手用快喊破喉咙的音量大声报告。然而，船身没有被锚拉住，还是朝着暗礁直直地漂过去。危险了！

“左舷下锚！”我立刻下令，左舷的锚也投出去了。两个锚终于牢牢地钩住了海底和岩石，锚链也紧紧绷着。

此刻，大副和水手长站在船头看管船锚，船长我则在船尾甲板上指挥调度。帆船上没有船桥，指挥者为了随时观测吹动船帆的风向以便下达指令，一般都会站在船尾。

锚爪钩住海底，牢牢地固定住了。锚链若是绷紧的话，船头就会被锚链固定，便不会再动了。然而，船尾的部分却朝着某一个方向开始打转。不久之后，整艘船又笔直地朝向锚的方向，呈现停泊的状态。但是，如此一来海浪拍击船头的力道就和冲到岩石上一样强大了。

“锚链到底了。”

大副大声报告。

“了解了。”

我回答。心想总算可以暂时松一口气了，但说时迟那时快——

“砰——”

一个大浪打在船头上。一大片海水如同海啸般撞击、粉碎开来，船身猛然一晃。

“咔——”

船底部一种渗透开来的声响传到了船体。

我心中闪过“完蛋，锚链断了”念头的同时，果然就听到一声悲壮的报告：

“右舷锚链断裂！”

我正想回应，霎时又再次传来“咔”的一声！

我心底也随之一颤，心想：啊，两条都断了。

“左舷锚链也断了！”

呻吟般的呐喊在船头响起，这下惨了。

“全体注意，准备预备锚！”

我大声地发令，这是最后的手段了。

“啊！”

耳边只听到“吼——吼——”的声音。在伸手不见五指的黑暗中，什么东西都看不见，只听得到波浪与岩石奋战的声音。

暗礁就在附近。船身拖着于海底断裂的锚链，被推挤着朝向岩石的方向前进，危险近在眼前。糟了！再这样下去，船体会撞上暗礁，四分五裂。然后，沉没——

现在，船的命运都系在那个紧急备用的预备锚上。全体船员冒着危险，死命地准备着预备锚。

没有在小船上经历过惊涛骇浪的你们，恐怕无法想象那是什么光景吧！更何况四周一片漆黑，完全看不见任何东西。那是夜里一点多，接近两点的时候。

力道强劲的深海巨浪使尽全力撞击海面稍稍露出来的暗礁，然后反弹回来，与一波接着一波、不断涌来的浪头互相碰撞、混乱地震荡着，形成三角形巨浪疯狂乱窜，然后又形成更大的波涛汹涌而来。浪涛们合力将船摇来摆去。如果以言语形容的话，那就是：

狂舞而来的波浪，猛烈地晃动着帆船——

怒涛将船只蹂躏殆尽——

大概是这么一回事。不过，实际的情形绝非笔墨可以形容的。

话先说在前头，这种大浪并不是暴风雨时猛烈的巨浪。那天的天气很稳定，也没有刮风。但上下起伏的猛浪不断地袭来，激烈地拍打在暗礁上。

所有船员拼了老命地进行着预备锚的准备作业，但甲板前后左右地剧烈倾斜，如果不抓住东西，根本就无法站立。而且，刚才丢下去的右舷锚和左舷锚都一直分放在船头左右，准备随时备用，但预备用的大锚则牢牢地绑在接近船头的甲板上。这是为了让它不管遭遇多大的浪头，都不会被浪给卷走；不管船怎么摇摆，都保持不动如山。如果浪头想让这个锚移动，起码得在甲板上凿出一个大窟窿。

我们解开绑住预备锚的小铁链和绳索，系上粗锚索，准备丢进海里。这些作业可不能有丝毫的疏忽。在激烈摆动着的船体上，只要预备锚稍一滑脱，就可能会折断作业人员的手脚，造成伤害。

于是，老练的水手长、不论面对什么危险都从无惧色的大副、本事高超的水手等四个人，在油灯光线的照射下，一脸严肃地准备着预备锚。其他的人则拉起了粗大的锚索。

“吼——吼——”波浪打在岩石上的声音显得越来越大。

“啊，看到白色的碎浪了！”

“那礁岩就在附近了！”

已经来不及了吗……船拖行着垂在海底的长铁链。迎面拍打而来的波浪，推着船往后方漂流。

大浪“哗”的一声把船头拱起，接着通过了船尾部分，使得船尾也忽然间被拱起，船头立刻向前倾倒。

“咔嚓、咔嚓，咚——”

惊人的巨响从船底传来，一瞬间，甲板上的人险些全员跌倒。

“撞船了！”

岩石从船底擦过，甲板猛然向上抬起。连接水泵和水槽的管子也因为船底与岩石擦撞的冲击，从甲板上飞了出去。与此同时，大海浪首次冲撞这艘不能动弹的帆船。

“咚——唰——”

如高山一般的海水崩落到甲板上，冲击的力量将所有遇到的阻碍全数击碎，然后又像瀑布似的自甲板倾泻而下。于是，被破坏的物体一个不剩地被冲洗殆尽。狂暴的巨浪无止境地袭击而来。

已经没办法准备预备锚了。终于，我们搁浅在珀尔和赫米斯环礁的一个暗礁上，船只的命数已定。此时是午夜两点，距离黎明还很远。

翘首盼来的黎明

我们的“龙睡号”被冲上了暗礁。但是，由于船底卡在了岩石上，且船头朝向浪来的方向，所以船体还不至于马上破裂沉没。本来船只就是依赖船头破浪前进，才能向前航行的，所以船头都会被打造得比较坚固，利于划开浪头。

因此，我首先判断船身可以挺到天亮。如果海浪是从船侧的方向袭来，可能船立刻就会支离破碎了吧。

我在漆黑一片的甲板上将所有船员召集过来宣布：

“我想各位平时就对这种状况做好了心理准备。要想在这黑暗之中游过狂暴汹涌的波涛上岸，只会白白送命。所以，我们要等到天亮之后再上岸，只要忍耐三小时就行了。

“趁着这段时间，我们要尽可能地把未来五年或十年无人岛上生活所需要的一切物品，统统收集起来。”

承受着从头顶浇灌而下的白浪，我勉强站在甲板上说了这些话，然后又大声命令道：

“渔夫四人，保护渔船，把它绑紧，千万不能让它被海浪卷走。

“水手四人，保护舢板，舢板是我们赖以维持生命的工具。水手长，你要把舢板保护好。

“渔业长，就算我们能安全上岸，但依照这海浪的凶险程度，也很难把充足的粮食搬上去。所以渔具很重要，要尽可能多地收集一点，准备带上岸。

“榊原大副，你先去找齐掘井的工具，铲子、鹤嘴锄这两样一定要带。火柴、望远镜、锯子、斧头也绝对不能少。

“实习生和会员们，上了岛之后，我们可能要过好几年的无人岛生活。如果只是平安得救，我们就没有颜面去面对那些等候我们归来的人了。所以，你们必须继续完成你们期望的学业，去尽可能地收集书本吧！船长室里的书全带上，六分仪、经线仪也是。准备好了吗？大家立刻都行动起来！”

当船撞上礁岩的那一刻，船内的灯火也全部熄灭了。因为撞上岩石的力道太大，室内书柜、架子上的书都飞了出来，各种器具也都摔落在地上，舱房的地板和甲板上凌乱不堪。

油灯点了立刻又熄灭。虽然没有风，但浪花飞沫不断地淋在火上，烧熄了火苗。大家在黑暗中淋着兜头而下的海水，摸索着收集物品。

在波浪的冲刷下，船体一直发出“嘎吱嘎吱”的诡异声响。大浪每次一袭来，一定会打坏某些地方，并且将一些物品冲走。

为了防止海浪把渔船冲走，四个渔夫紧紧地绑住了它。但没想到只是一个大浪冲过来，便“哗”的一声把渔船打得粉碎，连个小碎片都不剩。不过，保护渔船的渔夫们真不愧是经历过无数次滔天巨浪的勇士，他们全员平安无事，没有人受伤。

我向大家下达命令之后便立刻直奔船长室，将必要的书籍捆成一摞，用包袱巾包好放在床上，之后一直待在甲板指挥作业。大浪从右舷打上来，冲破了船长室的门通到左舷去，把船长室内的物品洗劫一空。无论是航海图、水路志还是罗盘，都被卷走了。

只有一艘舢板没有被海浪卷走，它是我们的命根子。只有它，无论如何都不能够失去。我们要集合全体船员之力来保护这艘舢板。

即使在这种危急存亡的时刻，我们十六名船员仍然冷静应对，尤其是小笠原老人。他一边鼓励着年轻人，一边也着手上岸的准备。

这一夜，时间显得特别漫长，黎明仿佛遥遥无期。“神啊，请快点儿天亮吧！”我们一边淋着海浪，一边在心里这么祈祷。

出生在小笠原岛的归化人范多问我：

“岛上会有水喝吗？”

我的心沉了一下。小小的珊瑚礁应该是不可能有淡水的，但是我们费了好大的一番工夫才登到岛上，假如没有维系生命的淡水，那大家将会多么失望啊。

“会有水的。”我答道。明知这是个谎言，但经过再三的考虑，沉默了半晌后，我还是这样回答了。

总之，再忍耐一两个小时，天就要亮了。希望船体能够承受浪击到那个时候。

每当大浪袭来，船身就“噼里啪啦”地颤抖。铺在甲板上的木板从接缝处裂开，一片片木板扭曲变形，变得难以通行。桅杆也摇摇晃晃地松动了，不知何时将会倒下。

“大家注意帆桁啊！”

大副出声提醒。

舢板和人被浪卷走

可能神明听到了我的祈祷吧，夜色终于渐渐转白。借曙光一看才发现，四周真的都是暗礁。礁岩绵延到遥远的地方去，怒涛溅起了无数的水花。

离船约莫百米远的地方，有一块相当大的平坦岩块露出水面，但汹涌的大浪在那块岩块与船之间猛烈地翻腾着。

“应该可以看见小岛了，爬上帆桁去瞧瞧。”

有两个人爬上了摇摇欲坠的桅杆，但因为被晨霭遮住了，所以还是看不见岛屿。

我凭着对海图和水路志的印象，对所有人说：

“没看到岛，所以我们得先爬到邻近的那块礁岩上，然后再寻找岛屿的位置。船长我最后上岸，但是万一我没有办法上岸，你们一起从这里往北方走，一定会遇到小岛的。那个岛上如果没有水，就往西北方的下一个岛屿前进。那里就是中途岛了。

“好，要登陆了。大家做好准备，别忘了该带出来的物品。你们要尽可能地把所有衣服穿在身上，冬装和夏装都穿着，袜子和鞋子也都要穿。戴上帽子，然后用手帕或毛巾把整张脸包起来。可以当作带子的东西，不管多少条，全绑在身上。还有，别把水手刀弄丢了。”

所有人都穿得像个因纽特人，因为未来不能没有这些衣服。而且这样一来，在经过被滔天骇浪所冲刷的珊瑚礁时，就算不慎被海浪冲倒了也不会受伤。

“放下舢板！”

听到等待已久的号令，众人全像海难才刚发生似的紧张了起来。维系全体性命的唯一一艘舢板，不管发生什么事，都必须把它安全地降到海面。如果舢板被海浪给卷走了，那我们十六个人，就真的连一个人都没有希望得救了。每个人都有这样的心理准备，这真是赌命一样严肃的事情，放下舢板是件关乎十六条人命能不能得救的大事。

大浪源源不断地袭来，我们必须看准大浪退去的空隙，在短短的一瞬间一齐铆足了劲儿将舢板放下。因为万一没抓准时机，让大浪把舢板抬起来，撞上母船的舷侧，那么舢板一定会应声裂成碎片。此外，若是舢板被吞入海中，那也就全完了。

因此，为了平息这样的大浪，我们要先倒油下去。

在有大风大浪的时候，船只经常会倒油止浪。当油在海面扩散之后，原本汹涌、疯狂的海浪就会突然间平息下来。

惊涛骇浪就像成千上万匹马儿般翻动着雪白的鬃毛，一波接着一波地疯狂奔驰着。如果在其中倒入了油，白色的鬃毛便会隐没起来。如此一来，再大的浪也不过是上下起伏较大的水波罢了。很久以前，航行世界各国的船员就都知道油可以浇弱海浪的气势。

这个秘诀是由一艘捕鲸船发现的，那艘船遭受到大风浪的戏弄却无计可施，眼看就要翻船之际，船的摇晃突然和缓了下来，海浪也不再拍打上来了。船员们觉得不可思议，四下一看，发现附近漂来一头死掉的鲸鱼，发现原来是从鲸鱼体内流出来的油让海浪平静了下来，他们因此知道原来油有平息海浪的功能。而且，只要一点点就够了。仅仅一小滴油，就能让两平方米的海面静止下来。如果想让母船四周的海浪平静，以便放下舢板，那么只要在一小时之内一滴一滴地倒入约半升的油就行了。根据学者的说法，油将会渐渐扩散，形成一层薄薄的膜，厚度只有一厘米的两百万分之一，几乎令人难以想象。而这样就能够包覆住海面，平息波浪。

所以，“龙睡号”的船员决定用油来平息这场狂暴的风浪。

我们向灯油桶中倒入海龟和鲨鱼的油，在桶上钻上几个小洞，丢了两三罐到海里。但是，面对在礁岩旁汹涌翻腾的大浪，那些油完全没有发挥作用。

尽管如此，大副和水手长还是坐进了舢板里。众人就将舢板吊挂在滑轮的绳索上，准备将它放下。

看准了波浪退回去的间隙，终于，我们将它放到了水面上。

刹那间，怒涛便如高山一般扑上来。只不过才一个浪头，眨眼之间便连人带舢板都不见了。

之后，海面只剩一波波惊人的白浪不断地涌起。

所有人同一时间全部脸色大变，我们赖以为生的舢板已经被波浪吞噬，而大家最信任的领导——大副与水手长，也都淹没在波浪中。看来，我们这些人也将性命不保了。

身为船长，我早就有所觉悟。当然，其他的船员一定也是这么想的。周遭每个人一句话也没说，都浑身湿透、脸色铁青。

“龙睡号”和舢板的命运相同，难道我们会就这么死在这里吗？大家凝视着滚滚波涛，沉默不语。

一秒、两秒、三秒。

“哦！”

“啊！”

“哇！”

突然间，两三个人发出了惊呼声。还有人指着礁岩的方向，嘴巴一张一合地说不出话来。我仔细一看，原来在远方海浪之上，露出一块一两米高的矮岩，我们的舢板不是正倒栽葱似的靠在上面吗？

啊，还有两个黑色的头从白浪里浮了起来。

太好了！两个人都爬上了礁岩。

波浪不断地发出可怕的怒吼，他们无论怎么用力地呼喊，都没有办法传到一百米以外的我们的船上。但他们还是比手画脚地告诉我们，他们两个人都平安无事，舢板也没有问题。

“万岁！”

大家不禁高兴得大声欢呼。

“啊，太好了！”

大家互相对望，彼此都松了口气。

白浪上走钢索

由前文的状况可知，我们无法靠划舢板上岸。

所以，我们把圆形的救生圈绑上了细长的绳子放进海里，让它顺着往礁岩方向涌去的潮水漂流到礁岩边。

礁岩上的两个人捞起救生圈。这么一来，礁岩与船只之间便有细绳子相连。

船上的人立刻将用蕉麻制成的粗绳与细绳打结连接起来，把绳索的长度加长，再让礁岩那边的人拉回去。

于是，现在有了一条坚固的蕉麻绳连接在船只与礁岩之间。礁岩上的两人将蕉麻绳的一端绑在礁岩上。帆船这边则把松弛的绳子一下一下地拉过来，拉紧之后也固定在船上。

我们要把这条粗麻绳当成索道。这条粗麻绳成为我们爬上礁岩的保命绳。

接下来，我们在这条索道上绕上另一条牢固的绳子，做成一个绳圈，用来垂吊人。我们又拿来了一条长绳，把绳圈系在绳子的中间。长绳的一端送往礁岩上，另一端则固定在船上。

这么一来，礁岩与帆船之间就连接了两条绳索：一条是两端都绑得很紧的绳道，另一条则是嵌在绳道上、移动绳圈用的交通绳。在礁岩上将这个交通绳一拉，而船只的那边慢慢放绳子的话，绳圈就会滑过绳道，往礁岩的方向前进。反之，如果船上的人拉动交通绳，礁岩那边放开绳子的话，绳圈就会朝着船的方向走。

船上和礁岩两边轮流试拉这条连在绳圈上的交通绳，测试的结果相当理想，应该可以靠它把所有的人都送到礁岩上。

因此，首先让年纪最小的渔夫国后坐上绳圈，用绳索将他结实的身体绑在绳圈上。他用双手攀着绳环，脸朝向礁岩的方向。

船上的众人慢慢地放着交通绳，礁岩上的大副和水手长则“嗨哟、嗨哟”地把交通绳往他们那边拉。

但是，绳道的绳子太长了，而且一头绑在矮礁岩上，另一头也没有绑在帆船的高处。所以，无论绳子绷得有多紧，绳道的中央都会因为绳索的重量往下垂，浸泡在海水当中。而挂在绳道上的绳圈，也会因为它所输送的人的重量，使得绳道垂得更低。

渔夫国后一离开船身，就立刻浸到了汹涌的海浪之中。不过，他静静地忍耐，因为只要攀住了绳圈，就一定能被拉到礁岩上。运气不好的话，可能会喝好几口海水，在水比较浅的地方，身体也会好几次撞到海底的岩石。可是，这种方法无论如何还是比游泳安全。只要绳道和交通绳不断裂，就不会有性命危险。

国后在波浪之间时而隐没又时而出现，渐渐地离船越来越远。不久后，就被拉绳索的大副和水手长合力拉到了礁岩上。国后从绳圈上解下绳子，站在石头上高举着双臂。看来，以绳道将人渡送过去是可行的办法。

在船的这一边，我们又拉住了交通绳，将绳圈拉回来。这次要把最年长的小笠原老人给送过去。

“拉过去！”

我打了手势，礁岩上的三个人“哦”地响应了一声，便使劲儿拉起了交通绳。才一眨眼的工夫，又一个人过去了。

就这样，除了我之外，其他的十五个人都平安地在礁岩集合了。以绳道渡人的方法已经不用担心了，接下来就是要把必需品给搬上陆地。独自留在船上的我比出手势：

“来几个人回船上！”

第一个下海的是大副，他立刻随着我拉的绳索回来。接着，水手长和健壮的会员川口、游泳高手归化人父岛都陆续地回到了船上。我们把手边能漂浮起来的东西都丢进海里，这些东西很快就会漂流到礁岩边。礁岩上的人等它靠近再一一捡捞起来，放在岩台的正中央，以免被海浪冲跑。因此，能漂浮的物品不需要用绳道运送。

接下来要准备运送粮食。可是，靠近船底的粮仓已经完全浸泡在海水中，无法进入。厨房里还有一袋米，那是轮值煮饭的人在前一天晚上为了准备早餐从下面扛上来的。因此，我们得想一个能把它运到礁岩上且保证它不被弄湿的方法。

先把米袋原封不动地用两条毛毯包裹住，上面再包一层雨衣，放进木头制的米桶里，再把盖子牢牢封紧。最后在木桶上涂上一层防水的油，用帆布再包上一层，绑在绳索上丢进海里。它很顺利地漂流到了礁岩旁边，没有被浸湿。

接下来，我们又找出了一袋潮湿的米，但已经没有可以盛装的箱子了。因此，为了防止米袋破裂，我们先用帆布把它包覆起来，绑在绳索上头，再把它与两个空灯油桶绑在一起。空桶都用破布塞住了口，可以用作米袋的浮筒。然后，我在口里叨念着："请让它顺利到达礁岩那边。"投入海中之后，它果然如期望的一样快速漂流到了礁岩附近。我们也因此知道，两个空灯油桶具有浮起一袋潮湿米袋的浮力。

我们船上的五个人因此而精神大振。

"好极了，来收集灯油桶吧！"

大家分头在各个角落寻找灯油桶。为了储存海龟和鲨鱼油，船上存放了很多灯油桶。

我们把各种各样的物品都绑在灯油桶上，丢进海中运送到礁岩那边去。掘井用的鹤嘴锄、铲子，以及锯子、斧头、望远镜、毛毯、船帆与帆布、大量的绳索、厨房里搬出来的食材等，灯油桶帮我们都递送到了礁岩上面。

但是，也有一些物品在中途掉落了，只有油桶顺利地到达，比如斧头和锅。每样用具都是孤岛上生活不可缺少的物品，大家因此感到相当失望。

父岛一再潜水到粮仓里，把装有罐头的木箱给拖出来。他喜欢吃甜食，所以最先拿出来的是一箱炼乳，里面还剩下二十八罐。第二趟潜下去，他搬了一箱牛肉罐头，还有一些羊肉罐头、水果罐头。他一边摸索着，一边把装了罐头的沉重木箱使尽全力搬了出来。这些贵重的食物后来也都安全地送到了对岸。

至于渔具，都是渔业长好不容易收集起来的，但一个不小心全被大浪给卷走了，大家看了不禁哀叹不已。

当作船上货物运输站的礁岩，体积自然比船还要大。礁岩面对船只的一侧波涛汹涌，海水激起了白色泡沫，不断飞溅的水花仿佛想攀上礁岩。但是在相反的一侧，却因为有了礁岩做防波堤，水面显得十分平静。礁岩两侧的海水变化实在是令人惊讶，对我们十六个人而言，礁岩背面的水面是个很好的避风港。

大家把翻覆过来的舢板扶起，舀出里面的水，又把橹和桨收拾整理好，系在岩背的港口上。漂流过来的物品都被堆到了礁岩上。

舢板并不大，若是十六个人全坐上去就坐满了，根本放不下其他东西。因此，我们决定搭建一条细长的三角筏来堆放物品。建造木筏的材料，就从船上一一拆下来送过去。把圆木、帆桁、木材、大木板、房门等统统丢进海里，浪潮一下子就将它们送到了礁岩那边。礁岩上的人们捡拾起来，手脚利落地在后面的港湾里造起一艘三角筏。

随着时间一分一秒地过去，帆船也渐渐被海浪拍打得残破不堪。一直停留在船上面，假如太贪心的话，最终一定会危及性命的，该是放弃的时候了。况且，我还得去寻找往后漫长年岁里能够居住的岛屿呢。

我们五个人依依不舍地离开“龙睡号”，依次用绳道回到了礁岩上。

“全体集合！”

我叫大家在岩台上排好队，报数，清查人员的状况。全员都平安无事，没有人受伤。我说：

“很不错。在这么大的海浪侵袭下，所有人连个擦伤都没有，真的是老天保佑，这一定是我们将来能全体一起回日本的预兆。接下来，我们一起去岛上，愉快地过日子吧。尽可能多地学习新知识。这段经历未来肯定会成为我们美好的回忆。大家振作起精神，好好地大干一场吧！

“就像先前我说过的，无论何时都要对未来抱持着希望。船员的字典里，没有‘绝望’这两个字。

“木筏先系在这里，货物放在岩石上。接下来，我们要坐着舢板去寻找岛屿的位置。找到了小岛，决定了栖身之处，我们再回来牵木筏。

“我们在舢板上放了掘井工具，空油桶五六个，罐头一箱。另外，把起风时可以充当帆的帆布、当桅杆用的圆木，以及当柴火用的木板统统堆上去，准备好了之后，便立刻出发。”

全员听了我的训示和勉励，欣然点点头，开始为出发做准备。

准备的工作很快就完成了。

“舢板准备完毕！”

大副大声报告。

“出发！”

我一声令下，搭载了十六个人的舢板离开了岩石。

“龙睡号”啊，再会了

无风的清晨，我们划着舢板，小心翼翼地在大海中的暗礁间绕行，爬上浪头再滑下来，朝着北方前进。

当舢板被拱上浪尖时，就能看到废弃的“龙睡号”。“龙睡号”也舍不得向我们告别吧。桅杆松垮地摇摆着，看起来十分可怜。从远处看，“龙睡号”不断承受着大浪的冲击，白色的浪花隐没了船身。但即使破损得那么严重，它却仍然勇敢地与波浪搏斗，直到粉身碎骨，真令人舍不得。

“‘龙睡号’，与你同生共死这么久了，一起面对过许多大风大浪。今天丢弃你，是因为我们十六个人必须好好地活下去。你可能会认为我们太无情，但是请你体谅我们的难处。而你的离去光荣而壮烈，绝非白白送命。再见了，我们要分别了……这应该是最后一次见到你了，再见……”

在心中如此祝祷的，应该不只是我这个船长吧。因为每个人的眼中都泛着泪光。

“它是条好船啊……”

“嗯，就要化为碎片了吗？真可怜。”

“别哭了。”

“你不是也在哭吗……”

回头、再回头，舢板朝向北方，继续向前划。

舢板上坐满了人，所以不论是橹或桨都划得很吃力。小笠原老人很珍惜带着漂流到礁岩边的木碗和竹扫把杆。

“老人，你是要拿来做拐杖的吗？”

有人这么问。小笠原说：

“哈哈，不是拐杖哦。木碗也是一样，大家都怀疑这些小玩意儿有什么用。但是，越是不起眼的东西，到了紧急的时候，就越能发挥很大的作用。这就叫作社会历练，你们年轻人不懂了吧，潮水的磨炼还不够呢。”

老人一如往常地用倚老卖老的口气说完，就开始打起盹儿来了。

经过了多少时间呢？因为没有时钟，所以也不太清楚，只知道我们划了非常久。然而，却一座岛屿也没有看见。事实上，只过了不到两小时，我们并没有划得太远，主要是因为半夜的一番折腾，我们都已经身心俱疲。

摇橹的人、划桨的人都已经渴了，失去了平时的精神。但是，舢板上一滴饮用水也没有，当“龙睡号”一头撞上暗礁时，船上的清水槽就破了。

“应该能看到了才对。”

一位渔夫嘀咕着。小笠原勉励道：

“一定会出现岛屿的，别担心。”

没过多久，归化人范多担心地问道：

“我们会不会正朝着没有岛的方向划行呢？假如划到一半肚子饿了，那就麻烦了，还是掉头回去比较好。”

可是没有人附和他。

船上的许多人都是真正的海上勇士。大家身上的衣服已经湿透了，舢板又拥挤不堪，身体动弹不得，所以只能蹲坐着，打起瞌睡来。

大家都没把湿掉的衣服放在心上，因为在航海时，若是在甲板上执行任务，一旦遇上倾盆大雨就会被淋成落汤鸡。遇到了大风大浪，浪头不断地从头顶灌下，更是全身都会湿透，就算穿着雨衣也没用。如果要换衣服的话，就永远也换不完了，况且也没有带那么多套换洗的衣物。所以，常常轮值的工作结束，回到水手房间时，身上也还是湿的。

我鼓励大家：

“再提起一些精神来，大家轮流划船吧。没事的人趁着现在打个盹儿休息一下。等到上了小岛，马上就要开始忙碌了。”

“嗨哟、嗬哟、嗬啦嘿、哟撒……”

换了班的桨手小声地吆喝着，配合着吆喝声踩着节拍摇着橹和桨。这吆喝声对打盹儿的伙伴来说，就像是怀念的摇篮曲一般令人愉悦。

大副站在船头，把手放在额头前遮着阳光往前看。目光锐利的他在朦胧的海平面上隐约看到了一个影子。

“那个！”

“是烟吗？”

“是岛吗？”

“中了！快用力划！”

有好几个人同时大叫，大家都站了起来。“中了”是渔夫们的用语，表示“发现岛了”或“抵达岛上”的意思。

我们发现的是个白沙的低矮小岛。在海平面上的高度只有一米，一根草也没有。面积只有一百平方米大小，是座迷你的小岛。

“砰！”舢板停靠上白沙滩，大家鱼贯地朝小岛奔过去。这时，按太阳的位置，应该是正午左右。

一登上小岛，南洋中午的大太阳立刻就把皮肤晒热了。

为了庆祝到达了岛屿，我们很奢侈地开了一个水果罐头，十六个人分着吃。大家的口都很渴，干裂的嘴巴只能尝到一片水果。但是，罐头水果带了点儿酸味，勉强止住了口渴。光是这样，大家便感到心满意足。今后就要开始不知多少年的无人岛生活了，小小的一片罐头水果，已经算得上是豪华大餐了。

我们绕行了小岛一圈。毕竟是座小小的秃顶沙岛，寸草不生，也没有任何生物会上来。这里实在不能住人，大家一时面面相觑。

“发现小岛了！”

有个人大喊道。顺着他手指的方向，在海平面远方有座比现在站立之处大上三四倍的岛屿，而且是个绿草如茵、海鸟盘旋的小岛。不过，它看起来也就像是在白色的海平面上，贴上了一层薄薄的黄瓜皮。

“太棒了！”

“就是它了，就是那座岛！”

众人精神为之大振，立刻跳上了舢板，往目标的岛屿划去。

第二章

无人岛生活

所有人，先把衣服脱了

登上岸后我们发现，岛上长满了碧绿的草，不过却没有树木。最高处约为水面上四米，平均高度大约是两米，这是一座珊瑚礁小岛。成群的海鸟被我们上岸的身影吓了一跳，惊叫着在我们头顶上乱飞。

“这个岛很不错呢！”

“如何？这片柔软的青草，就像是张美丽的地毯！”

“没错，住在这种地方真是奢华。”

“这座岛不会动呢，哈哈哈哈！”

好久没有踏上陆地，大家都乐翻了，净说些没脑子的话。不过，待办的工作还堆积如山，时间很宝贵。

“全体集合！”

我走到集合的十五个人面前。

“我决定在这座岛上住下来。从现在起，我们开始全体动员。”

榊原大副带领四个划桨高手比较辛苦，先要划舢板回到礁岩那边，把货物堆垛在三角筏上，一起运过来。

井上水手长带着四名拥有强健臂力的人，准备掘井。

铃木渔业长则带上四个人，快速地将岛屿巡视一圈，找出任何有用的物品。结束之后，便着手制作蒸馏水。

“在进行工作之前，所有人先把衣服都脱光了吧。我们要光着身子在这里生活。你们的衣服，除了身上穿的这些，连一件换洗的衣物都没有。我们不知道要在这座岛上生活几年，所以衣服非常重要。而且，也要考虑到冬天的需要，所以能脱光的季节就不要穿衣服了。大家把湿了的衣服都脱下来，在工作之前摊开晒干，然后折好收起来。”

所有人立刻脱光了衣服。

“衣服已经半干了。”

“啊，真清爽。”

有人用力地摆动着手脚。脱光衣服之后，身体的束缚没了，肚子也突然有了饥饿感。这是当然的，因为大家今天都还没吃早饭，午饭也只吃了一片罐头水果。不过，我们也没办法准备晚饭，因为手上没有工具、米和水，最重要的是要把握时间加紧工作才行。所以，大家都忍着饥饿，迅速利落地干起活来。

舢板组准备好橹和桨，便精神百倍地出发了。

“我们去去就回。之前带下船的用具和粮食，我们会全部运过来。掘井的工作就麻烦你们了。”

掘井组这么回答：

“交给你们了。我们会挖一口好井，准备好冰凉的清水等你们回来喝。”

生命之水

我们在岛上最高处附近的一块干净的沙地上使劲儿挥下第一道鹤嘴锄，然后用铲子把沙挖了出来。不过，掘井是个不简单的粗活，在珊瑚礁质的坚硬地面，一铲又一铲地挖出沙子，往下挖掘，使得一个个大男人赤裸的身体上全是汗水，就好像刚淋过浴一般。嘴巴很渴，口腔里也干竭了，连声音都发不出来。水啊，水啊，满脑子想的都是水。就是为了找水，才会这么努力地挖掘。掘井是最先难倒大家的工作。

“振作起来啊！这是十六个人的生命之水。待会儿就能喝到蒸馏水了。”

我心里很清楚，在这种时候，千百句勉励的话也不及一汤匙的蒸馏水来得有效，真想早点儿让他们大口大口地喝蒸馏水。但是，事情却没有这么简单。

快速巡逻过小岛一圈的渔业长和小笠原等人探勘之后回报：

“这座岛屿的面积约莫四千坪。北边有一片约一百一十米长的沙滩，连接着一个突出的小岛。小岛大小有三百坪，那里躺着约三十头小型海豹。我们怕惊扰到它们，没有走到那附近。

“漂流木有两根，大概是二十年前遇难船只的桅杆吧。材质是美国松，有不少纵向的裂痕。还有四只大海龟，我们把它们翻过来了。除此之外，什么都没有。”

“辛苦你们了，赶紧帮忙做蒸馏水吧。没有饮用水，并没办法继续挖下去。”

小笠原接下了制作蒸馏水的工作。

首先，用这附近的珊瑚礁块和沙做成炉灶。

再用那个炉灶把海水煮沸，撷取不含盐分的纯水。这个蒸馏水制造器是由三个油桶相叠制作而成的。

先在最下面的桶倒入海水，将桶的上方锯开。

中间的桶是空的，底部凿了许多的小洞。

而最上面的桶，再倒入满满的海水。

最后，把三个桶放在炉灶上，在它们的下面生火。最下面油桶里的海水煮开了之后，会在第二层空桶中不断地累积水蒸气。水蒸气受到第三层海水桶的冷却，会变成水滴落下来，流到第二层的桶里。第二层的桶会稍微倾斜，所以累积的水不会从水蒸气孔流到下面的桶里，而会顺着竹扫把杆做成的管子流到桶外。最后，再用木碗接流出来的水。

制作蒸馏水需要用到柴火。从舢板带来的木片并没有那么多，因此我们决定把探勘发现的两根大漂流木扛过来，劈成柴火使用。

想要劈柴时却没有斧头，于是我们用水手刀削下木板，做成好几支楔子，然后把它打进流木的裂缝里头。直纹又多又长的美国松，这样一来立刻就裂成了两半。

用这种方法劈好了柴火，蒸馏水也在妥当处理之下一滴一滴地流到了碗里。但碗里的水从没积蓄过半碗，因为掘井的人无法再等了，所以每蒸馏一点，就赶紧让他们吸两口。其他人都还没有机会喝到。

但是，掘井的人因为这一点儿水又产生了勇气，能够继续往下挖，挖到大约四米深的地方涌出了水。

然而，冒出来的水却像牛奶一样呈现出乳白色，有一股咸味，不能喝。

“不行啊。”

话虽如此，但柴火也只有两根漂流木而已。制作蒸馏水需要用到大量的柴火，而柴火不能全用在制作蒸馏水上，还得用来煮饭、烧菜。小小的木板也是十分珍贵的。

我们不知道要在这座岛上住到何年何月，但无论如何，都必须挖出一口井来。就算把整座岛都挖成马蜂窝，也必须挖到清水出来为止。这可不是开玩笑，因为一口井关乎了我们十六个人的性命。

“再加把劲儿吧！”

怀抱着极大的决心，掘井组开始挖第二口井。挖一阵，舔一口滴进碗里的蒸馏水，接着继续挖。

这次挖出了一口两米深的井。但是，这口井里的水也不能喝，水色白浊，味道咸咸的。掘井组个个累得筋疲力尽。

此时，舢板组拉着三角筏平安归来了。

“辛苦你们了。我知道你们都累了，但是先跟掘井组交换一下。”

从舢板上下来的人们立刻又开始投入到挖井作业中。太阳下山之前，我们又挖出一口深度两米左右的井，含盐量比之前两个都少。只是不论再怎么凑合，它仍旧不能饮用。

另外，今晚睡觉的地方在转眼间完成了。大家把三角筏拆下来，用小木板当作柱子，大布帆则拉开架成屋顶，还可以用来避风，如此就成了一顶有模有样的帐篷。另外一顶用作仓库的帐篷，就用来放从竹筏上卸下来的粮食和其他货物。

天色变暗之后，众人在帐篷底下集合。炊事值日生用岛上的海龟做成了海鲜汤和烤肉。因为没有水，所以没办法煮饭。大家早上和中午都几乎没吃东西，饿着肚子工作了一整天，所以连“好吃”都来不及说，就把食物吃光了。喝了蒸馏好的三分之一碗清水之后，我们立刻就觉得困了。

“没有灯，而且大家都累了。今天就好好地睡一觉，明天早上再来讨论吧。晚安。”

“晚安。”

“晚安。”

众人在帐篷中躺下。打赤膊过日子是岛上生活的规则之一，因此就算睡觉也不用穿睡衣或是盖毛毯。在沙滩上一躺下来，立刻就传来一阵阵的鼾声。自去年年底从日本出航以后，这是第一次在稳固不动的大地上睡觉。谁能料想到，我们此刻会睡在太平洋中央这个芥籽般大小的无人岛的沙滩上呢？

在帐篷外，一片黑暗之中，我和榊原大副、铃木渔业长、井上水手长三个人小声地讨论着井水的问题。

“这个岛上可能没有好的清水吧。但是不管怎么样，至少得挖出可以喝的水才行。榊原，你怎么看？”

我说了这些话之后，大副考虑了一会儿才说：

“从这三个井可以知道，井挖得太深就出不了好水。也就是说，跟海面太接近了，所以才会跑出盐水来。挖浅一点儿也许比较好。”

渔业长像是突然想起了什么，说道：

“很久以前，我因为缺水而将船停靠到一座岛上，挖开树木的根部附近，就会有清水流出来。或许在草根附近一带，会冒出质量比较好的水。掘井组的水手长，你认为呢？”

水手长一副恍然大悟的模样：

“今天开挖的三个井都失败了，真是没有面子。明天，我们挖几口比较浅的井，一定会有好水流出来的。刚挖的时候，水质虽然白浊，但放久一点儿，一定会变干净的。”

我接着说道：

“是啊，井的深度、草的茂密程度，的确跟水质有关。草根会吸取纯水，所以在草根附近，挖口浅一点儿的井应该会比较好吧。此外，下雨之后，雨水所汇流的地方，一定也会有纯水的存在。而且，因为这里是珊瑚礁，石灰质较多。虽然刚开始冒出来的水是白色的，但等沉淀后就没问题了。水手长，明天我们再开挖看看。跟你们谈过之后，心里也觉得放心不少。好了，快睡吧。”

“晚安。”

“晚安。”

光着身的十六个人，在这汪洋中的孤岛上，熟睡着度过了第一个夜晚。

四个规定

五月二十一日，我们迎来了在岛上的第一个清晨。

起床时，全身上下都沾满了沙子。在这里，不需要整理寝具，而是要把背上、肚子上的沙子拍干净。不用洗脸，直接跳到海里洗身体就行了。当然，也不需要毛巾。

众人一同往西北方向遥望日本，感谢神明保佑我们十六个人能平安地迎接无人岛上的清晨。

接着，我决定了今天的轮值表，工作包括掘井、制作蒸馏水、劈柴、炊事、整理货物等。

掘井组在他们相中的地点浅浅地挖掘了一下，然后把油桶底部钻了洞之后埋进去，再堆起沙子固定，让它不会倒下。井里的水会从油桶里涌上来，储存在桶中。果真如预期的那样，那个水虽然有点咸，但还喝得下去。真是太好了！这种程度的咸味是可以忍受的。我们向这些水中掺入等量的蒸馏水混合着喝。

早饭是烤海龟肉和海鲜汤。吃完饭以后，我向大家宣布：

“从今天起，我们就要在这座岛上生活了。万事开头难，所以我想跟你们先约定好以下四点：

一、用岛上取得的东西生活。

二、不讨论做不到的事情。

三、生活要保持规律。

四、保持心情愉快。

“目前这四点，请大家严格遵守。”

众人欣然点头答应。榊原大副代表其他人说：“我们一定会遵守这些约定。”然后他转向全体继续报告——大副是粮食组组长，“关于一天三餐，我们不能天天吃米饭。正如大家所知道的，我们只剩两袋米了，必须尽可能地延长吃完它们的时间。所以，我希望十六个人一天只吃两杯米。如此一来，预计应该可以撑到明年二三月份。我们也不能常做米粥，所以，只能多煮一些米汤，一天喝三次。其他时候，就用龟肉和鱼肉来果腹。你们觉得如何？还有没有别的好点子？如果有的话请尽管说。”

水手长第一个举手。

“全部交给大副你决定吧。”

众人也都点点头。

“那么，渔业长，就麻烦你捕鱼和海龟了。”

大副一说完，小笠原就看着渔业长的脸，咧嘴一笑，习惯性地拍拍自己的手臂：

“有我老头子在，绝对不会饿着大家的。”

这句话真是振奋人心。

负责处理货物的人正在整理物品，他们有的人把衣服、毛毯、绳子、帆布等拿出来晾晒；有的负责收拾搭竹筏用的圆木和木板，舢板也被人清洗了之后拖上了岸。所有人都各自忙于自己的差事。

心的基石

大家在洁白的沙滩上睡得很安稳。五月二十二日，无人岛生活的第二天，我一大早就醒来了。

我静静地起身，接着把大副、渔业长和水手长三个人悄悄地摇醒，四个人蹑手蹑脚地出了帐篷。

拂晓的天空，星光闪烁，岛屿和海洋仍然阴暗无光。我立刻跳进海里，将海水淋在身上洗净身体。在后面的三个人也沉默地跟着我洗起了海水浴。

沐浴完之后，四个人深吸一口气，面对西北的日本方向，恭敬地朝拜神明。然后走到小岛的中央，四个人盘腿坐在草地上。

我坦率地说出了自己的决定：

“以前，漂流到无人岛上的船员们发生了种种不幸，最后客死异地，成为岛上亡魂。他们死去的原因，大多是因为绝望，认为自己再也无法回到故乡。我很担心这一点。现在，在这座岛上的伙伴虽然都是精挑细选、名副其实的海上勇士，但是只要有一个人没能承受住压力，就会出问题。大家绝对不能各有各的想法。从今天开始，我们十六个人必须在严格的规律下，团结一心，随时都抱持着坚强的信念，而且愉快地、像男子汉一样、毫无愧疚地度过每一天。然后，我们也必须抱着像在一间伟大的教室或道场里的心情来生活。在这座岛上生活期间，我希望能很好地给予这些年轻人以指引，也想要听听你们三个人的意见，所以才这么早把你们叫醒。”

大副说：

“我很了解你的想法，其实我也深有同感。未来，我想成为这间教室的导员，认真地教导他们。如果每天只是在岛上吃海龟和鱼，单纯为了活着而活着，那跟海豹有什么区别？在岛上期间，我们每个人都要活出志气，努力地学习，将来才能够成为有用的人才。”

渔业长也说：

“我也和船长想的一样。我以前遭遇过三次大灾难，几乎全是九死一生的场面。我乘的船曾在大风浪之中桅杆折断，只能在海上漂流；也曾经与其他船只冲撞，因而沉没。在千岛的时候，我们的船还曾经搁浅在暗礁上。每一次都吃足了苦头，不过我也从中领悟到很多事情，这些都成了珍贵的学问。还不知道要在这里待多久，我会尽我最大的努力，希望对这些年轻人有所帮助。”

最后一个发言的水手长先很有礼貌地鞠了一躬，之后才开始说道：

“我对学问虽然一无所知，不过好几次遇到命在旦夕的时刻，最后都平安度过了。虽然其中的道理我不太懂，但这世上发生的事，总是有办法解决的。只要在这座无人岛上活下去，我们一定能获救的。我会鼓励年轻人不要丧志，无论遇到多么艰难痛苦的事情，每天也都要怀抱着对未来的期待，愉快地过日子。我也会站在最前面，只要有劳力和本领用得上的地方，我都愿意努力。”

他说的话十分诚恳。对他平日性格十分了解的我听了之后感动不已。

在如今这种处境，能得到他们三位真诚的支持，我由衷地觉得感激。

三个人的话为我的内心奠定了基石，也决定了我们该走的道路。等我们四个人站起来时，东方的海平面已经逐渐明亮，海鸟在头顶上飞翔、鸣叫。

我在心里发誓，从这一刻开始，无论发生什么事，都绝对不生气，也绝对不责备人、骂人，因为我要让大家随时都能保持愉快的心情，而责骂只会成为阻碍。

生　火

从这一天的下午开始，我们停止制造蒸馏水了，因为制造蒸馏水所需要的柴火实在是多得吓人。前面也说过，柴火只有两根漂流木而已，必须珍惜地使用。

为了不再对蒸馏水有半分留恋，我们把炉灶彻底拆了个干净。于是，全体人员只能饮用带点儿咸味的井水。

当然，我们也准备在下雨的时候储存雨水来饮用。我们将帐篷边缘的部分向上弯起来一些形成水槽，这样落在屋顶的雨水就可以顺着水槽流进空油桶里。后来因为经常下雨，所以储存了不少雨水。

我们一方面在储存雨水上花了不少心思，另一方面为了防止雨水流进帐篷里，还用沙子把帐篷中的地面整体垫高，并在四周挖了沟渠引导水流出。花费了一天的时间，为住房和仓库的帐篷做好了避雨工程。

一日三餐的炊事都需要用到柴火，假如不节省使用，很快就会用完了。

因此，我们把吃剩的鱼骨、龟甲收集起来当作柴火来烧。一只大型海龟的壳刚好可以做完一整天的饭，把它晒干后浸泡在油里，就会烧得很旺。

生火用的火柴存量并不多，但我们未来的五年甚至十年都必须用到它，所以暂时先收起来不用。天气好的时候，就用望远镜的镜片对准太阳光来引燃火种。但是，在阴天或夜里就无法用这个方式，这时就得再想想其他方法了。

于是，我们先把漂流木削成约三十厘米长的细铲刀状的工具，末端削得尖尖的。再用这尖铲刀在大约一米长的粗大松木中央凿出约十五六厘米宽的凹洞。这时，再耐心地用力摩擦，就能磨出细细的木粉。松木钻出了洞，发出烧焦的味道，再继续钻下去便会冒出微弱的烟。此时，只要更用力地摩擦，铲刀的末端粘上磨出来的木粉，就会冒出火来。这时，把火移到事先准备好的枯草叶或是把绳索解开散成的纤维上头，就能制造出更大的火种。

“这个火种要是能留在手边随时取用，那该有多方便啊。”

渔业长和小笠原老人想到了这一点，做了一个好东西，那就是灯。

把吃完的空罐头上方剪除干净，倒入半罐的沙，再注入海龟的油。让油渗透进沙子里，直到高出沙子三厘米。再把帆布拆开，用抽出的线插进沙中当灯芯。点火之后，就是一盏有模有样的灯了。将灯罐放进用罐头木箱做成的框架中，再以帆布做成布幕包裹，就成了一盏灯笼，可以防止灯火被风吹熄。

灯笼的火保持日夜不灭，就成了一盏长明灯。而为了防止长明灯被打翻或踢倒，我们把圆木的一端斜插在土里埋好，突出地面一米高，然后再将长明灯吊在上面。做饭的时候就从这里取火种，夜里还可以照亮帐篷，更重要的是，有了这盏灯，大家都显得很高兴，真是一举三得。

其次是每天三餐吃的食物。我们最初的食物就是在岛上的四只海龟，但这些海龟肉三天就吃完了。

此外，我们也会钓鱼。将油桶把手上的粗铁丝拆下来，把末端磨尖、折弯，就是个钓钩了。另外，把罐头木箱的钉子拆下来折弯，也能当成钓钩使用。

说到钓鱼，在我们十六个人当中有不少的高手。平鲣、鬼头刀、六带鲹等各种各样的鱼类，我们都钓得到。

鱼的料理以生鱼片最不费工夫。除此之外，烤鱼、煮鱼汤、用海龟油炒也都可以，但这些菜必须用到珍贵的柴火，所以不能每餐都吃。

实际上，就在这之后不久，在开始钓鱼之后，我们吃米更节省了。米汤改为每隔一天或隔两天吃一次，其他的时候都以鱼肉为主。

节约白米是有原因的。那是因为等日本的人们开始议论："'龙睡号'迟迟未归，目前行踪成谜，到底发生什么事了？是在漂流中，还是已经沉没？"并最终使得这件事登上东京的报纸时，应该已经是秋末冬初了。

接着，如果他们派出搜索船的话，恐怕得到明年五六月才能行驶到这座岛屿附近。而且，这只是我们自己的设想，也许故国的人根本没想到我们会在无人岛上生活。

他们可能认为"龙睡号"已经沉没了，船上的所有人都已经死亡，因此并没有派出救援船来搜索。

所以，我们必须好好地将米这最后的粮食保存下来。另外，也是为了在有人生病时，能让病人吃上一口白米。

堆沙丘

第四天，我们开始渐渐习惯了岛上的生活。五月二十四日这天，从清晨开始，大家就一起着手展开了一项大工程。

除了轮值煮饭的人以外，其他的人都加入了运沙的作业。这个工程有个很大的目的。

我们该怎么做才能从这座岛上回日本去呢？

划着我们的宝贝舢板到檀香山港吗？

就算是沿着小岛前进，从这里横越太平洋，回到檀香山，至少也要上千海里。这么小的舢板不可能办到。

那么，靠着一己之力再建造一艘坚固的大船呢？

只是我们手无寸铁，也没有造船的材料，所以这个计划等于是痴人说梦。

那么，静静地等待日本派船来救援呢？

不，这个盼望更是遥遥无期。

既然如此，发现有船经过附近时，请他们前来救援如何？

这个想法，如果运气好的话也许可以达成。

这座岛并不在军舰或是商船通行的航道上，但是，说不定什么时候会有某艘船过来。若是错过了这个机会，那就完蛋了，我们绝不能一直被困在这座无人岛上。为了发现通过的船只，我们决定堆起沙丘，建设一座瞭望塔。

我也知道可以不堆沙丘，直接搭个高台。但是，那至少需要三根长的粗木头，而我们却没有这样的木材。

岛上的制高点也只有海面上四米左右，另外还有一座约两米高、站在上面一不留神就会被扑上来的海浪打湿全身的低矮小岛，所以看不到远方。因此，我们将沙运到岛中央最高的西海岸草地上，堆成沙丘以方便眺望。这是我们十六个人能不能逃出孤岛、回到日本的关键，所以大家都铆足了劲儿加入了堆沙丘的大工程。

我们用油桶、木桶、罐头木箱、帆布和绳索等做成了绳筐，再用铲子往里面装满沙运到高处去。

但是，这项任务做起来非常吃力。因为不做蒸馏水之后，大家都只能喝带有咸味、石灰质含量高的井水，所以十六个人的肚子状况都不太好，出现了严重的下痢，就像得了痢疾。然而我们什么药品都没有，也很担心再这样下去不知道能不能吃得消。但无论如何，我们都必须尽早把沙丘堆好。大家勉强提起精神，投入作业中。

不过，因为下痢得太严重，即使铆足了干劲儿，却没有力气。搬了一两次就要喘口气，否则就动不了了，而且大汗淋漓，喉咙干渴，一直很想喝水。水只有勉强可以喝的井水，但就是那个井水搞坏了我们的肚子。

饮水的不便对帆船的船员来说是不可避免的。从前，船员们在茫茫大海之中经常会因为苦于缺水，而想出各种各样的方法。比如，在口渴没有水时，就把衣服沾湿，让皮肤吸收水分。或是在嘴里含石头、舔铅块、咬一口辣椒，来暂时缓解口渴的感觉。

因此，我们每个人都舔了一口渔业长原本用来做钓鱼线铅垂的薄铅板，再继续运沙。

工作进展得十分缓慢，就这么到了开工后的第二天。大家一起讨论道：

“积少成多、聚沙成塔，再过不久就能堆起很高的沙丘了。”

“一次搬太重会更加疲惫，还是一点儿一点儿地搬吧。”

“如果有车的话，该有多好。”

“我们可是说好了不谈做不到的事的。”

“可是，如果能拉着沙子走，工作会轻松一点啊。对了，我有个好点子。”

实习生浅野从人力车上获得了启发。他把海龟壳翻过来，绑上绳子，把沙堆积在壳上，然后三个人一起拉。

用这种方法，大家忍耐着工作了三四天。每个人都揉着不舒服的肚子，一边呻吟，一边却又互相打气说：“我们可是人类啊，怎么能输给蚂蚁呢！”

小笠原老人被腹痛折磨得四肢酸软无力，但唯独嘴巴还是不肯服输。他一屁股坐在沙滩上，两手比画着，嘴巴也不曾停歇：

“看哪！看哪！年轻的小伙子们搬来了沙，搬来了沙。堆成了沙丘，站在山顶上。然后就能在海的远方发现船帆，用洪亮的声音喊道：‘有帆哦，是船啊！’

“于是，我们全飞奔出来。张开雪白大帆的白船驶近了小岛，放下了小船。小船载着人用力划啊划地划了过来。他们边问‘肚子饿了吧’，边拿出用牛奶、黄油和砂糖做的饼干。哎呀，真好吃。大家打起精神搬沙吧！”

众人忍不住露出笑脸。有一个人问：

“老爷子，你累了吧？”

“什么话？我怎么会输给年轻小伙子呢！哎哟喂呀！”

小笠原抱着装了沙的油桶，没有抬起来，反而摔坐到地上，蓬乱的红色胡子上全是沙子。大家被他逗得捧腹大笑。哈哈笑过之后，疲劳感也不见了。于是，辛苦的搬沙工程又愉快地继续了下去。

我一马当先，带着大家搬运沙子。到了第五天，我肚子的病情更严重了，腹痛如绞。心想休息一下或许会好一些，于是我便离开作业场，钻进了帐篷休息。但是，一想到大家都忍受着疼痛在工作，就实在无法独自躺下来休息了。无奈之下，我只好在吊长明灯的圆木上坐下来。

从帐篷里看着外头伙伴运沙工作的身影，大家都病恹恹的，缓慢地移动着。但是，我觉得他们的身影就好像大海的波浪似的，以缓慢而强大的力量朝着一个方向绵绵不绝地前进。在我心中，他们就像海浪一样伟大。这就是真正的“力量”：不断地向前推进，碰到了东西就摧毁、飞溅开来，不到结束就绝不终止的那种深不可测的力量。搬沙的人为了堆砌这个沙丘投入了全部的精力，众志成城，忍受着下痢与腹痛的痛苦，只依靠旺盛的精神力，虽然动作缓慢却坚持不懈地向前行进。这就是海上勇士的身影。多么了不起啊！我不自觉地向他们低头致意。

猛烈的阳光火辣辣的，照射在病人们赤裸的身体上，把汗水从他们的皮肤里逼了出来。反射在白色珊瑚沙上的日光闪亮得十分刺眼。就连在遮蔽了日光的帐篷里，这大自然里火热的空气都从沙里熏蒸出来，包围了我。啊，真的好热啊！燠热的空气吹到我的下腹部。

我蓦地往下看，心里有些纳闷。热气是下面圆木垂吊的长明灯发出来的。

虽然只是小小的一盏灯，但它仍然有热度。这热度逐渐地升高，把灯笼上方和圆木都烤热了。我的下腹部慢慢温暖起来，感觉舒服多了。不知不觉间，腹痛竟然不药而愈。这真的是一大发现，我心中欢喜极了，立刻站起来往作业场走去。

“肚子痛得非常严重的人，快去长明灯上坐一坐。”

有人一时听不懂我在说什么，露出诧异的神情。

但是，不久之后，肚子痛的人陆续在吊长明灯的圆木上或坐或跨，以温热治疗腹部。经过这“长明灯医院”的治疗之后，大家的腹泻都止住了，身体恢复了以往的强健。大家就这么习惯了咸味的井水，以及每天的鱼龟主餐。

瞭望岗

搬沙作业从早到晚不停地做了八天。辛苦工作的结果，就是我们终于在五月三十一日傍晚，在海拔四米的沙地上，堆砌了一个近四米高的沙丘。

望着海拔八米的沙丘，大家都非常满足，那是病人们倾尽全力堆积成的山丘。

晚餐的时候，作为完成沙丘的慰劳，我们从帐篷的粮食库里拿出了两个水果罐头。

大家都很舍不得，小口小口地吃着甜美的水果。

我对实习生和船员提问：

“靠着大家的辛苦贡献，我们堆出了高于海面二十五英尺的沙丘。假设站在上面的人眼睛高度为离地五英尺的话，全部加起来就有三十英尺（约九米）高。那么，最远可以看到几海里外的海平面？”

这个问题在不久前上课时曾经讲过。

“答案用手指写在沙上。”

大家各自在沙上开始计算。

“实习生秋田，几海里呢？”

“大约六海里。海面到眼睛的高度以英尺计算，将它开平方根所得出的数字，就是大致可以看到的海里数。然后再乘以一点一五，就是正确的数字。”

“很好。那么，川口船员，从这座沙丘要看见从海面起高四十英尺（十二点二米）的船帆，船至少得在距离多近的地方？”

“是。四十英尺的话，大约距离七海里就可以看见了。所以，再加上刚才的六海里，大概可以看到十三海里外的船。”

“很好。大家也听清楚了，就像刚才所说的，站在这座沙丘上，能看到六海里外的海平面。船的桅杆和船帆比较高，所以即便它离我们更远一些，我们也可以看到。大家要提高警觉，仔细地监看。在夜里要留意船只的灯火，请大家专心守望。”

当我说完结论之后，在长明灯昏黄的光线里，突然听到有人在叫我的名字。同时，小笠原站了起来。

“船长，瞭望的工作今晚就要开始了。第一个瞭望岗就让我这个老人来站吧。喂，各位，第一个瞭望员是我哟！”

“不行，我来站。”

“应该是我。”

两位实习生一说，几个小伙子也按捺不住了。

“老人家已经累了，别为难他了，还是我去站吧。”

“夜里还是让视力好的年轻人来站岗，瞭望由水手负责吧。”

十六个人当中，一名姓川口，名雷藏的船员，以身高最高、声音最大而闻名。他说：

“我个子最高，最适合了，因为我看得最远啊，就这么决定了。我来站瞭望岗。”

他的声音如同其名，洪亮如同雷公。

小笠原静静地说：

“老人家说的话，就该乖乖地听从。今天晚上，就由老头我来看守就行了。至于为什么，船长他知道，所以这几天就由我来值夜班。年轻人白天有劳力活要做，晚上要好好休息才行。”

小笠原恳切地训诲大家。

小笠原说的话很有道理。负责夜间瞭望岗的人选确实该谨慎考虑，因为单独一个人眺望着黑暗无垠的大海，很容易会不自觉地胡思乱想，意志也会软弱下来。顾虑到这一点，眼前的这段时间，还是老练的小笠原、水手长，以及遭遇多次船难的渔夫小川和杉田比较合适，所以还是让这四人来守夜班吧。我做好决定之后说：

“夜班瞭望按年纪大小的顺序来排。今晚由小笠原和水手长轮流站岗。那么，小笠原，这副望远镜就交给你了。”

我把挂在帐篷柱子上的望远镜取下来交给他。小笠原立刻挂在脖子上，心满意足地眯着眼笑起来，走出帐篷以后说了声：

“大家放心地休息吧。”

随即，他举起右手挥一挥，便往沙丘走去。他的背影宛如古代希腊雕像中的海神像，威严而豪迈。

“今天晚上大家都累了，可以休息了。”

说完这句话，全体都站了起来。

收拾完炊具，打扫完帐篷，所有人躺下来之后，一天劳动的疲累，让大家无暇再思考什么，立刻就跌入了梦乡。

我从仓库的帐篷里找出了一张帆布和一条细绳，然后带着大副和渔业长巡视了帐篷周围和舢板之后，爬上了沙丘。

天际升起了细长宛如金色镰刀般的月亮，海面和岸边都发出忧伤的光芒。小笠原老人任由风吹散他蓬乱的胡须，迈开稳健的步伐，在沙丘上来回地瞭望着。他的腹泻状况并没有好转，因此令人同情。

“小笠原，今晚谢谢你好言的提醒，也多谢你帮大伙儿站岗。我很明白你是为了年轻人才这么做的，以后也劳烦你了。”

我轻拍着他的肩膀说。

“只有有经验的人才会明了我的用意。能够听到船长这么说，我感到很欣慰。”他举起右手，指向天空，“这种细长的弯月对年轻人来说就是毒药。看着那个月亮，心情会突然间忧郁起来，被思乡病给缠住啊。”

“你说得对。不过，夜风也是你的毒药，而且你的肚子似乎还没好。夜里站岗的时候，把这个包在肚子上吧。”

我把帆布和细绳交给他。

“您对我这老头如此关照……真是太感谢了。”

他的眼睛在弯月的映照之下，如同星星闪烁着泪光。

瞭望塔

第二天早上，天空刚露出了鱼肚白，与小笠原在半夜换班瞭望的水手长就冲进了帐篷。

“船长，发现了大量的流木！”

海边漂来了大量的木材。

“把大家都叫起来！”

听了我的命令，水手长扯开嗓门喊道：

“所有人，快去捡漂流木！”

“是！”

众人一起跳起来往海滨跑去。果然看到海上有成堆的木头漂流来。大大小小的圆木、角材、木板、空木桶等在夜里漂流到了这里。这些木头来自我们的“龙睡号”，它在四分五裂、破碎零散之后，从搁浅的暗礁那边漂流了过来。大家既伤感又怀念地把木头全捡拾了起来，连小碎片也不放过。

其中有两根粗大的圆木，是“龙睡号”的帆桁。漂过来这么好的材料，大家都喜出望外。

我们把这两根圆木和此前用作三角筏龙骨的圆木立刻搬到沙丘上头，打算在沙丘上用这三根长木材再竖立一个瞭望塔。

像大型圆木材这种又重又长的材料，在船上其实经常会用到。但那需要大型滑车、长且粗的绳索和许多的工具才能搬动得了。然而，现在我们手上完全没有那样的工具。不过，大副和水手长在这方面可以算是日本顶尖的好手。我们费了一番工夫，用了三天的时间，终于在沙丘顶上竖起了一座结实的三角塔。

首先，把三根圆木竖立在沙丘上，再用结实的粗绳把三根木头的顶部紧紧地捆绑在一起。下方架起了横木，铺上木板和圆木，做成瞭望时的立足处。另外又架上许多根横木，作为爬上爬下的阶梯。

瞭望塔的高度有四米半，与沙丘的高度加在一起，高度为海平面以上十二米半。瞭望值日生整天站在塔顶专心守望，巡视方圆七海里半的海平面，注意有没有船只经过。

不过，就算在瞭望塔上看到有船只经过，船上的人又怎么会想到无人岛上住了十六个人呢？他们肯定会毫不知情地驶离吧。因此，一旦发现船只，就必须发射信号。

“这里有人，救救我们”——用白烟和火光发出这样的信号，世界上无论什么国家的船都看得懂吧。

竖起瞭望塔之后，我们又准备了能快速烧起的篝火。把鱼骨、龟壳、杂草、碎木块等分别堆在三个地点，盖上帆布防止被雨淋湿，并把装了海龟油的油桶放在手边。假如一看到船只出没，就从长明灯引火种过来，将篝火点燃，淋上油，等着烟和火烧旺起来。

所有人对守望的工作都不敢有丝毫怠惰，但那段时间里，我们经常会把云的碎片、海鸟飞过的影子当成船只。而在夜里，也经常一看到光就惊呼：

“啊，是船的光吗？”

如此一再被星光搅乱了心绪。

我凝望着以岛为中心画成的海平面大圆，一日如同三秋般盼着船只经过。但是，何时才会有船经过呢？一个月后、一年后，还是……

但是，总有一天，一定会有船经过的。

渔　网

炊事值日生要负责准备每日的食物，职责也十分重大。不仅要节约柴火、要钓鱼，还得做好十六人份的三餐。

进入六月之后，常常钓不到鱼，大家有时候得饿着肚子度日。

“真想有一张渔网。”渔业长说。

因此，我们立刻着手设计渔网，我们期望的大小为长三十六米，高两米。

“编网的线，用帆布拆散抽出来的丝重新搓成。把木头削成合适的形状再用火烤过，就可以绑在网上当作浮标。铅垂则用附在漂流木上的大钉子或金属代替。不够的话，还可以拿马蹄螺取代。”

想到了方法之后，我们马上就展开行动。众人分好了小组，立刻动手制作。

有人负责把帆布迅速拆开；有人负责把拆下来的线搓捻成绳；有人刨木板，制作编网用的针。于是，前期的工作按部就班地完成了。四名报效义会会员因为有编网的经验，所以专门负责编织。从早到晚，每天不断地工作，最终用十四天就做成了一张结实的渔网。

期待已久的渔网终于制作完成了，大伙儿赶紧把它系到了舢板上。有人负责海上作业，有人负责岸边工作。决定好每个人的岗位以后，便全体动员出外撒网。你猜怎么着？捕到了满满一网的鱼，多到我们不知该怎么办才好。大家用长棍子把鱼从网里赶出来，全都累得人仰马翻。我们往后的日子也必须靠吃鱼维持生命，因此只捕捉足够数量的鱼就够了，其余的都放回大海。

这么一来，只要有渔网，暂时就有充足的粮食了。只不过，不管抓了多少鱼，大伙儿还是说好只吃八分饱，不要养成吃太饱的习惯。因为等到了冬天，可能会因为暴风雨而捕不到鱼，或是没有鱼的季节，恐怕撒了渔网也没有收获。不如趁现在先把肚子训练好，到时候才能习惯节省粮食的生活。

炊事值日生也必须张罗餐具。我们把黑蝶珍珠蛤当成盘子，大马蹄螺当碗，而锅，就拿砗磲贝来代替。

海鸟的季节

岛上的海鸟一天比一天多。

海鸟聚集的季节来临了。不知不觉间，整座岛上都是鸟，它们开始在这里下蛋。

像鸭子那么小的白腹鲣鸟、军舰鸟、燕鸥、白头的海鸦，还有信天翁等，在两米见方的土地上生了六七十颗蛋。整座岛的卵石仿佛都被鸟蛋给取代了。

鸟们会按种类分别聚集在小岛的草原或白沙上，不同种类的鸟绝对不会混杂在一起。我们因此可以通过颜色来辨别鸟的种类，就像在看用不同的颜色来标示国别的地图一样。

鸟蛋当然就成了我们的粮食。有时是水煮蛋，有时滴一点海龟油放在铲子上用火煎。

我们用铲子代替平底锅，可以做掺了鱼肉的奥姆蛋[1]。值日

1. 奥姆蛋：向蛋液中混入火腿丁、肉丁或蔬菜丁等材料后下锅煎成嫩蛋饼，最后对折装盘。

的伙夫不断变换菜式，每天都让我们吃上鸟蛋大餐。

观察这群鸟儿也十分有意思。

军舰鸟自己不会捕鱼，每当白腹鲣鸟在海上盘旋，它们才好整以暇地出动，看准白腹鲣鸟吞下鱼儿的瞬间，冷不防地飞上去攻击。狠啄猛咬之后，逼白腹鲣鸟把吞下去的鱼吐出来，再从旁边抢走。

军舰鸟是鸟中的抢劫犯。

但是，我们也时常跟着军舰鸟有样学样。看到吞了一肚子鱼、在岸边发呆的白腹鲣鸟，就猛然大叫，或是用棍子敲打地面惊吓它们，让白腹鲣鸟吐出四五条鱼，再捡起来当作鱼饵。

信天翁是个大胃王。它们就算胃和食道都塞满了食物，还是要继续吃鱼。有时嘴边垂挂着半条大鱼，一边还在等着胃里的鱼消化掉。在这种时候，信天翁似乎会因为肚子太胀而飞不动。那呆呆漂浮在海面上的身影，真是名副其实的呆鸟[1]。

最不可大意的是海鸦，这种鸟尤其会拉屎。白头，眼睛周围也有一圈白毛，好像戴着眼镜。尾巴是黑色的，全身则布满了灰褐色。它们总是成群飞翔，所以在它们飞行时，下方就会下起鸟屎雨。有时一走出帐篷外，我们被太阳晒成黑炭的身体，就会沾满海鸦的白粪印花。

1. 呆鸟：信天翁在日本被称作“阿呆鸟”。

鸟蛋的数量多得惊人，我们不管再怎么小心，还是会踩破好几颗鸟蛋。而这些蛋孵出雏鸟时，海岸边便“鸟鸣喧天”。从每天天色蒙蒙亮直到太阳下山，母鸟的“嘎嘎咯咯”和雏鸟的“叽叽啾啾”声简直震耳欲聋。但是，这些鸟每天供应蛋给我们食用，所以我们从不欺负它们。

燕鸥的雏鸟羽毛还没长齐，便摇摇晃晃地走起路来，“叽叽”地叫着，在海岸线前集结成群，等待母鸟从海上衔着鱼回来。从外海飞回来的母鸟，也总是准确无误地认出自己的孩子，喂它们吃饭。那些晒得像黑炭一样的健壮汉子，经常两手叉在胸前，静静地看着母子鸟的动作。

渔业长说：

“喂，你们现在知道母亲的恩情了吧。以后要多多爱惜身体，回国之后要好好报答父母。”

鸟会攻击人类。这样的说法虽然有点夸张，但是每次一到傍晚，结束了一天的作业，跳进太平洋这个天然的大澡缸里，想要泡个舒服的澡时，海鸟就会俯冲下来啄人的头。它们用又尖又硬的鸟喙迅速地朝人头顶一啄，非常痛。所以，泡在这个大澡缸里的时候，除了脚下必须注意鲨鱼，头顶也必须注意海鸟的动态。

海鸟似乎认为，任何浮在海面上的东西都可以吃。曾听人说过，在航行途中，如果水手不小心掉到海里，就会遭受信天翁的攻击。在伙伴划小船前往救援前，信天翁就会用它那大大的尖嘴在人的头顶啄出洞来，甚至还曾经把人啄死过。

我们不吃海鸟的肉。这么说好像很奢侈，不过习惯了海龟甜美的肉质之后，海鸟的肉实在是难以下咽。

海鸟的雏鸟一破壳而出就开始学习走路了，丝毫不管屁股上都还粘着蛋壳屑。稍微会走之后，羽毛都还没有展开，就开始练习飞翔或在岸边学着游泳了。日益长大之后，不久就会与亲鸟一起飞离小岛。

于是，岛上的鸟儿一天天地减少。不知不觉间，这里又变回原来只有几百只鸟栖息的小岛了。

海龟牧场

大量的鸟飞离小岛之后没多久，海龟们就游到岛上来下蛋了。

一到七月，一只只海龟就会缓缓地爬上岸。把海龟抓起来立刻吃掉太可惜了，所以我对渔业长说：

“从现在开始，研究一下如何饲养绿蠵龟，把它们作为冬季的粮食。”

因此，大伙儿抓了爬上岸的五只绿蠵龟，放进大井里头饲养。这口井是我们来到岛上第一天，使尽全力挖的那一口井，挖了之后没有用，就这么一直闲置着。

我心想，如果结果不错，就挖个大池来饲养海龟。但第二天一看，五只海龟都死了。

肯定是因为水中的石灰质含量太高，海龟中毒身亡了吧。由此可知，海龟池的想法行不通。

“那么，我们来建个绿蠵龟牧场好了。”

我们在海边打入木桩，用结实的长绳绑住绿蠵龟的脚，再将绳子系在木桩上。

海龟可以在绳索长度范围内自由地游泳、随意进食，有时还可以爬上岸晒晒龟壳。每天，我们会去巡视、检查绳索磨损的情况，以防绳索磨断，被它们逃脱。此外，我们也会不时地更换绳结捆绑的地方，捆几天前脚，再捆几天后脚。

绑在木桩上的海龟按照抓到的顺序一一排列，不知不觉间，竟已增加到三十几只。我们分别在两个地方设立了大规模的海龟牧场。另外，也任命了“海龟值日生”。海龟值日生每天的工作内容为巡视海龟牧场，照顾以及监视海龟。我们会从饲养天数多的，也就是比较“老”的海龟开始吃起。

海龟开始产卵之后，实习生与会员在渔业长的指导下，展开对它们的研究。

海龟为了产卵，会在夜里爬上小岛，然后用后脚仔细地把沙地挖开。绿蠵龟的话，一只可以产下九十到一百七十颗蛋，然后用沙把蛋盖住，再回到大海里去。一只玳瑁则会产下一百三十到二百五十颗蛋。

海龟产好卵之后，虽然会用沙把蛋盖好，但是足迹却清楚地留在了沙滩上。所以，我们很容易就能发现它们产卵的位置。

而产卵地点沙地的表面，经过白天太阳的直射，会让沙子达到刚刚好的温度，所以可以使蛋保温、孵化。过了三十五天，就会自然孵化出只有清酒杯大小的海龟宝宝。它们先是朝着四面八方爬出来，而后一同向着大海前进。

绿蠵龟的蛋很美味，比鸡蛋略小一点，圆溜溜的。灰白色的蛋壳很软，里面有蛋黄和蛋白。而且，不论煮多久，蛋白都不会凝结。

玳瑁的蛋也很好吃，不过它的肉有一股怪味，不宜食用。而且，这种海龟比绿蠵龟更有活力，很爱咬人。

绿蠵龟因为身上有暗绿色、暗黄色的斑点，所以又名为绿海龟，而它的形状大小，据说和另一种红海龟很相似。红海龟的身体为淡淡的赭红色，龟甲则是褐色，因此有了这个名字。红海龟的肉也有股怪味儿，不能食用。肉质有味道的海龟多半是肉食龟，以吃鱼维持生命。而绿蠵龟吃海藻，所以肉质没有怪味儿。

我们大部分的时间以鱼和海龟为主食，偶尔也能用蛋做一次大餐，只可惜没有蔬菜。

人人心里都在想：

“真想吃到绿色的食物。”

大伙儿仔细调查了岛上生长的草，发现有四种。其中有一种，叶子嚼起来很辣，挖出根来咀嚼，味道几乎和山葵一模一样。

“我们发现好东西了！”

后来，我们到处挖掘这种海岛山葵用来蘸生鱼片吃，一次吃下很多。不晓得是不是心理作用，自从吃了这种海岛山葵之后，腹泻的状况也减轻了很多。

不过，说到肚子的状况，每天把鸟蛋和海龟蛋当饭吃，让我们十六个人都得了便秘。这可真是个大问题，真希望能吃点儿泻药，可是我们手边什么药也没有。到了无计可施的时候，我们就拿起木碗走到广袤无垠的大海边上，舀起半碗海水喝下。虽然这样很胡来，不过才刚一喝下去，肚子就会发出“咕——”的声音，然后立即就通便了。这完全是病急乱投医，这种做法只会让身体越来越虚弱，反复使用的话恐怕会对身体造成危害。因此，我命令炊事班不要光做蛋，要想一点儿可以将蛋和鱼肉、龟肉做在一起的菜。

海　豹

前面也曾提过，在岛屿的旁边有座小小的半岛，有一群小型海豹在那里栖息。

“任何人都不许到海豹的栖息地去，绝不能让海豹害怕人类。万一有人生了重病，会需要取海豹的胆来做药。而且，到了冬天，海豹的毛皮也可以做成我们的衣服。到了粮食用尽的时候，才能吃海豹的肉。如果在紧急的时候不能马上捉到，就没有用了。我们手上又没有枪，必须要徒手捕捉。为了防止它们恐惧人类，你们任何人都不能靠近海豹。”

我严肃地嘱咐他们。

然而，这十六个人当中，有个非常喜爱动物的渔夫，他叫国后。这孩子从少年时代就十分亲近动物，猫狗自然不必说，就连野外的小鸟他也能够驯服。他用口哨呼叫，野鸟就会停在他的肩上。他在当实习渔夫的时候，曾经搭乘渔船到堪察加半岛去，抓到了一头小海豹，还驯养了它。在这座岛上也是一样，小海豹们都相当亲近他。

看到半岛上这二三十头圆滚、懒散的海豹，爱动物的他实在难以克制。即便说不能违背船长的命令，但是忍耐了几天之后，他还是趁着月黑风高的夜晚，拿着钓来的鱼当作礼物，一个人偷偷摸摸地钻出帐篷，走近了海豹。虽然从来没见过人类，但这些身穿毛皮的动物还是立刻与光溜溜的人类变成了好朋友。

后来，不管是夜晚还是清晨，只要一有时间，国后就会跑去陪伴海豹。他只要拍拍这些海中好友的脖子或是肚子，海豹就会向他撒娇、用鼻子哼气，甚至在他面前很舒服地睡着。

归化人范多以前在搭乘海獭船时，也曾饲养过海豹幼崽。因此，他这次落难到无人岛上后，也偷偷地成为海豹的好朋友。

某一天晚上，出乎意料地，国后和范多在海豹半岛上遇了个正着。

“吓死我了。原来是你啊，国后！”

“我也吃了一惊，是范多啊！”

就这样，两个驯海豹高手无法再把与海豹为友的喜悦当成秘密了。两人就一个人、两个人地将船员介绍给海豹认识了。当大副得知这件事时，水手和渔夫们大多已成为海豹的朋友了。

“不准接近海豹”——这是船长的命令。虽然结果并没有不良的影响，但接近海豹的确是违反了命令。

“要遵守规矩”——这是岛上的精神。

“我们跟海豹成了朋友这件事，好像终于被大副发现了。”

“怎么办？这下麻烦了……”

海豹的好友国后与范多皱着眉头窃窃私语。

“道歉吧。现在只有这条路好走了……”

海豹的好友代表国后畏畏缩缩地走到大副面前。他毕恭毕敬地低着头，支支吾吾地说道：

“最先违反船长命令、到海豹栖息地去的人是我。我做了对不起大家的事……对不起。”

大副从国后沮丧的表情中看到了他诚实的心灵。

“你的确是惹了个麻烦，以后要好好遵守规矩才行。这次的事，我会和船长好好商量的。”

“啊……谢谢，麻烦您了。”

“以后要特别小心。不过，既然难得跟它们交了朋友，就要永远善待海豹们哦。”

“嗯，谢谢长官。”

在国后之后，范多也走到大副面前认错。

冒着冷汗道完歉之后，国后和范多终于露出了放松的表情，远眺着他们的毛皮之友所栖息的“海豹半岛”。

宝岛探险

炊事用的柴火存量一天天地明显减少，令人十分忧心。用完的话该怎么办呢？就算用鱼骨或龟甲来代替也缓不济急。

我记得以前曾看过海图，这座岛屿的西方还有一座小岛。因此，我对大伙儿谈起这件事情：

“我们去那座岛上探险吧。”

一听到探险，大伙儿都争相表示自己想去。

因此，最后拜托大副和水手长看家，我和渔业长选出擅长摇橹的四个人，前往另一座岛屿探险。准备的用品有：雨水一桶，当作最重要的饮用水，另外还有挖井工具、宝贝火柴盒一个，紧急的备用粮食——罐头数个和钓具。六月二十日，我们把这些工具搬上舢板，一大清早确定天气晴朗之后，终于出发了。送行的和外出的都真心诚意地互相道别。

我们乘着小小的舢板，既没有海图，又没有罗盘，只能抓个大略的方向，就这么划行到了太平洋的正中央。这种时候，就算没有罗盘，只要知道正确的时刻和太阳的位置，就能估算出大概的方位。但是，现在我们没有手表，所以只能靠着约略的时间与太阳的位置来决定方位，再对照脑海中的海图，缓慢地前进。

我们的目标岛屿是个低矮的小沙岛，只要距离三公里以上就没法看到。所以，若是方位稍有偏离，就找不到小岛了。然而，我们竟要从一片广阔无垠的水世界中寻找一座仿佛是被细针别在海中的小岛，你们或许会觉得这样太鲁莽了。事实上，这一趟出航，能依靠的只有思考和胆量。这也是最困难的航海术。不过，我们这些拥有丰富经验、胆识过人的海员在出发探险时，都抱持着强烈的信念：无论发生什么事，都一定要找到这座小岛。

我们摇着橹，朝我们认为的西方逆着海流而行。划了两小时，经过“龙睡号”搁浅的礁岩处后顺利地继续往前航行。接下来的前方，只有无穷无尽的水和天。舢板正面承受着逆向的海潮，泅泳前进。但是，前方连个岛的影子都没有。

过了“龙睡号”遇难的岩石处，又划了约莫三个小时。太阳升到了头顶上，已经到正午了。然后又过了两个小时，到了下午两点左右，我们还是看不到什么岛屿。

所有人凝视着前方的海平面，全部的注意力都集中在前方，一心一意地寻找着。

“好像看到了什么东西。”这种似是而非的话，谁也不愿意说出来。每个人都流露出一定能发现岛屿的坚定神情，沉住气往前划行。这些伙伴多么值得信任啊！我想说一些话安慰大家：

“如果太晚的话，今天就在找到的岛上停留一晚，明天再回去好了。”

渔业长说：

“还没有发现小岛，也许必须划通宵了。”

其中一名水手说：

“明天太阳升起之前就能看到岛屿了吧。”

这几个人好像打算要往西划一整夜的船，真不愧是海上的男儿。不过，在这茫茫大海之中，如果太阳下山就麻烦了，不但找不到新的岛屿，恐怕连我们自己的岛都回不去了。

不过，太阳下山之后星星会出现。北极星在正北方，所以只要找到北极星，就能够确定方位。

我站起来，朝着四周看了一圈。还是只有圆形的海平面，没有发现一点儿小岛的影子。

再继续往前划，最后时间来到下午三点左右。

“看到了！”

船员川口用惊人的音量大声喊道。

果然没错。在他手指的海平面上，有个如同针尖般大小的小黑点——的确是座小岛。真是太好了，在这里就能看到的话，表示小岛已是我们的“囊中之物”了。川口的个子最高，所以比别人更快发现岛屿。

划近时我们发现，这座小岛比我们居住的岛约莫大上两倍。小岛的高度很低，到处都长满了杂草、藤蔓，但也没有树木，只有很多的海鸟。

上岛一看，我们大吃一惊。这里到处都是漂流木，整个沿岸全是冲上来的木头，还可以看到绿蠵龟慢吞吞地在其间爬行。

“这是座好岛。”

“宝物之岛。”

“有了，就把它取名为宝岛吧！”

我把它取名为宝岛。宝岛的形成可能还很新，因为表面的沙和土都很少。

我们立刻开始挖井。可是，地面是坚硬的珊瑚礁地质，不可能蕴藏着清水。而且，海水宛如河流般横切过小岛。所以，我们放弃挖井，只把漂流木和海龟搬进舢板上。

渔业长看到有很多的鱼群，十分欣喜，随手便钓起了六七条大鱼，用漂流木当柴火当场烤了，准备把它们当作晚饭。

漂流木主要是远古时代日本船破碎的杉木、西洋帆船的大桅杆等船材，此外还有树龄两年左右的香木。这座小岛俨然是个柴火和海龟的仓库。

检查漂流木时，我们在其中找到了一片镶了薄铜板的船底板。这可是个好东西，我们立刻就把它带上了舢板。

趁着太阳还没下山，我们快速地在岛上绕了一圈。正好鱼烤好了，于是也用完了晚餐。时间距离日落还有一小时左右，如果马上出发，在午夜前应该有希望回到我们的岛上。于是，我站起来：

“好了，我们快点回去，让大家高兴一下。”

“有理。出发吧，是顺潮哦。”

顺潮就是潮水顺着船前进的方向流动。一旦遇上顺潮，船只会被海潮推送，前行的速度也会因此加快。

“加紧划吧。”

载了六只绿蠵龟和无数柴火、吃水严重的舢板，开始朝着东方返航。虽然很疲惫，但是，因为发现了宝岛，所以精神为之大振，摇橹的节奏也更加奋勇和快速了。

夕阳西下，太阳沉入海平面之后，西方天空中的浮云呈现出美丽的柠檬色，然后转变为红砖色，不久又变成红色，最终渐渐成为铁锈色的暮霭。西方天空和海平面都变黑之后，星星闪烁着红蓝光，在宛如镜子的海面上映照出影子。海平面附近的低空中，北极星正闪耀着光芒。以它为准，我们确定了东边的方位，继续往前划行。我们必须仰赖这颗星星，在夜之海中寻找我们的小岛。

同一时刻，留在岛上的人开始担心了。太阳下山了，探险船还没有回来。船上既没有海图，又没有罗盘，虽然觉得“没问题，他们一定能回来的”，但是方位稍有偏差的话，说不定他们就会错过这座小岛。倘若真是那样，结果将会不堪设想。但就算如此，他们应该也找到西边的岛屿了吧。有的人爬上瞭望的沙丘，有的爬上木塔，或是站在海边，睁大了眼睛，忧心忡忡地凝视着星空下晦暗的海平面，盼望能看到什么。

但是，探险船还是没有回来的迹象，时间一分一秒地过去。

“生火！”

大副发出号令。众人突然紧张了起来，纷纷爬上沙山，迅速地烧起旺盛的篝火。

连续烧了两三个小时，大家把柴火全搬来烧了，龟壳、鱼骨、枯草、油也不准备剩下了。站在瞭望塔上的人、站在海边的人都透过黑暗凝视着漆黑的大海。

“船应该很快就要回来了吧？拜托请一定要回来啊！”他们

在心里祈祷着，将全部的精力投入远望之上。

我们的舢板在前进方向的海平面上，发现了微弱的火光。

“是岛！他们生起了火！”

“大家在等我们呢！”

“我们带回来的礼物，肯定会吓死他们。”

看到岛上用珍贵的柴火生火，摇橹的手也自然而然地增加了力道。而且，又遇上顺潮，所以船速变得更快了。舢板的船头朝着火的方向，毫无疑虑地勇往直前。

岛上的人们处在担心与忧虑之中，不知不觉已经过了晚上十点。

“哦哦，是舢板！”

站在海边的一个渔夫放声大叫着飞奔回来。

“喂——”

岛上的人一齐扯开喉咙，齐声大喊。

海上也传来微微的回应：

“喂——”

接着，船上又传来吆喝声：“嗨哟、呵哟、呵啦嘿……”

配合摇橹节拍的吆喝声，远处的舢板渐渐清晰了起来。

舢板归来了，所以，大伙儿把篝火引到海边。在篝火明亮的火光中，舢板载满了成堆的礼物，平安地回来了。

“欢迎回来，结果怎么样？”

“我们找到宝岛了。”

“就像你们看到的，有六只海龟。”

“满船的漂流木。”

“哇，太惊人了！”

看家的伙伴们把海龟和漂流木一一给抬下来，再把舢板拉到沙滩上。刚才的忧虑已一扫而空，换来的是喜出望外。然后，大家在篝火边围成一个圆圈，着迷地听着关于宝岛的一切。

“啊，已经半夜了。辛苦了，大家睡觉吧。”

探险平安地结束了，所有人都感到心满意足。我望着满天闪烁的星斗，站了起来。

探险的第二天，六月二十一日。早餐之后，我们确定将昨天探险发现的岛屿取名为“宝岛”。而我们现在所居住的岛屿，则叫作“本部岛”。

此外，大家也讨论了从宝岛运柴火和海龟过来的作业。

用舢板往返于宝岛与本部岛，必须要看准天气的状态，海面平静时才能出发。到了十月，海况凶险，交通阻绝，所以必须在那之前，尽可能地把大量的漂流木和海龟运送到本部岛，准备过冬。

因此，我们决定目前先让六个人乘坐舢板划到宝岛去。载满漂流木和海龟以后，其中的三个人先划船回来。另外的三人则留在宝岛上收集漂流木，捕捉海龟开设海龟牧场，等待下一班船的到来。本部岛再派出三个人乘着下一班船出航，与岛上的三个人交换，驻守在宝岛上。宝岛随时保持三人留守。

饮用水放在油桶里，从本部岛运送过去，但是在宝岛那一边，也要设置从帐篷屋顶收集、储存雨水的工具。在宝岛所吃的食物，以钓鱼为主。海龟保留了十只的存量，只在万一钓不到鱼的时候食用，其他的海龟则统统运回本部岛。

此外，仔细调查宝岛时，只要发现什么珍奇的事物，就算是再细微的事情，也务必要向本部岛报告。

一大早趁天色还没亮，舢板就出发了。我们只在白天航海，夜里不出船，也绝对不勉强出海。即使已经出发，假如天气转坏，也要立刻中途折返，耐心等待天气好转。

在宝岛上，最重要的一件差事，就是监看是否有船只通过。宝岛上因为有大量的漂流木，所以一到岛上，我们就立刻建起了瞭望塔。从那里，一个人就能瞭望四周的海面。也因为宝岛上有很多的木柴，立刻就能燃烧“火堆”作为信号。只需要点燃一盏长明灯，以便随时取得火种就好了。

在讨论中，我们已经把这些事项都确定好了。

此外，派去宝岛的人员也确定为水手长和他的手下。我们也做好了一切准备，比如把饮用水装进油桶，带上了制作帐篷的帆布、绳索、长明灯用的油、钓具、准备紧急备用的罐头十个，另有一小盒火柴装在空罐里，用雨衣布包裹严实，等等。就等着第二天天气晴朗，便立刻出发。

无人岛教室

今天的任务，是把昨天从宝岛带回来，混在一堆漂流木当中、贴在船底板上面的铜板拆下来。

小心地将薄铜板上的钉子拆掉、取下，得到有两张明信片大小的铜板共六片。又从漂流木当中选出比较厚的木板，用钉子把铜板钉在木板上。再把铁钉磨尖当成笔，在这些铜板上写下：

珀尔和赫米斯环礁，“龙睡号”遇难，全体十六人生还，乞求救援。

明治三十二年（一八九九年）六月二十一日。

我用日文写好，然后让归化人小笠原用英文写下同样的意思。我们要把这封铜板信——也就是漂流信放入海中。

大伙儿用舢板划到外海，将它们放流。

“铜板信啊，求你快快漂到某个陆地，快让别人捡到吧。拜托你了，你可是承载着十六个人衷心的愿望啊……”

每将一片铜板放进海中时，大伙儿都在舢板上送行，同时心里这么祈祷着。

但是，为我们传送这些漂流信的，是海流邮差。信会在什么时候，漂送到哪里呢？放流的地方是太平洋的正中心，无论是到横滨，还是到美国的旧金山，都要大约五千公里。但是，只要海水相连，总有一天会漂流到某个地方去的。风也会帮我们吹送吧。那些漂流信上系着大家殷切的希望。

铜板信在中午时被分放流出去。下午的上课时间，我问大家：“为什么要在船底贴上铜板呢？”

生活在陆地上的人通常不会留意船底，船只浸泡在海水的部分会有海藻类或贝类吸附。它们会渐渐生长，分布在整个船底，最后会完全盖住船底板。就像地面长满了杂草或苔藓后就看不到原本的地面一样。这样一来，原本平滑的船底板就会变得粗糙不平。不平滑的话，船的速度便快不起来。不仅帆船遇到这种状况会很麻烦，就算是换成汽船，遇到同样的情况，如果不烧大量的煤，也会无法像船底平滑时那样航行。

木船还有另一个问题。有一种叫食船虫的虫类，会以船底的木板为食。它们会在木板上钻出一个个小洞，住在里面，导致船底到处都是小洞，就像蜂窝或是海绵。这种情形非常可怕，不只是海水会渗入船中，一旦遇到了暴风雨，那些与猛浪搏斗的船，常会因为被虫吃坏了船底，而就此沉没。在古代西洋军舰还是木船的时代，人们常说：

“食船虫的可怕，胜过敌人大炮发射出来的弹丸。”

因此，该怎么做才能防止食船虫的入侵呢？很久很久以前，那些经常乘坐木船的人费尽心思地想出了一个方法。在两千多年前的西方，人们就在木船底部包覆一层薄铅板。这么做之后，食船虫虽然不能钻洞了，可是却无法防止海藻和贝类的附着。后来，英国海军舍弃了用铅板包覆军舰底部的做法，因为包覆铅板之后，铁钉、船舵等金属都会严重地腐蚀、碎裂。

而后，距今一百八十年前，英国在一艘木造军舰上尝试以铜板包覆船底。经过了一段时间，他们发现军舰的行进速度完全没有减慢。英国人对这个完美的发现感到十分高兴。后来，所有木船都开始采用薄铜板来包覆底部，直到今日。除了铜之外，人们也会用黄铜来包覆船底。

食船虫不能在铜板上钻洞，而海藻和贝类还是会附着生长。可是，铜与海水会发生化学作用，在铜板表面产生硫酸铜或碳酸铜等类似结痂的物质。而这些结痂会渐渐变大，在船只行走时，海水冲击船底的力量，便会将它们一一冲掉剥落。而生长在这些“痂”表面的海藻和贝类也会随着痂一起掉落，露出崭新而光滑的铜板表面，所以船的速度也就不会降低了。目前，各国都制定出规范，要求木船的底部一定要包覆铜或黄铜板。

“关于食船虫的知识，会由渔业长来向你们说明，你们要仔细听。有什么问题吗？”我问道。

实习生浅野站起来提问：

“不能用铁板来包覆木船的船底吗？”

“铁板也可以。不过，船身会因此而变重。这招虽然能防止食船虫，但海藻和贝类仍然会大量附着，因为铁板表面的附着物并不会像铜板上的那样会自然剥落。所以，钢或铁制的船对这个问题仍然相当头疼，必须不时地把船开进造船厂的船坞里，将附着在船底的物体清除干净，然后漆上使铁不会生锈的油漆，和防止海藻与贝类附着的特别油漆。铁船或钢船的船底之所以是朱红色的，就是因为涂上了这种油漆。”

实习生秋田也提问：

“那种防治食船虫和海藻类的油漆，不能涂在木船上吗？”

“即使是铁船或钢船底部涂了油漆，也不能完全防止海藻和贝类的吸附，更别说是木头了。世上还没有哪种油漆或药剂，可以通过涂刷或将木板浸泡在其中的方式，达到完全防治食船虫或海藻的效果。怎么样，你们要不要努力发明一种？”

“嗯，我会努力的。”

会员川口说：

“还有什么材料可以包覆木船船底呢？”

“也有人用木板包覆。换句话说，就是钉成双重的船底板。这么做，外层木板虽被虫凿了洞，但内层的木板仍能保持完整。但是，船只必须不时地去更换外层的木板。”

接下来，渔业长说到关于食船虫的知识。

“我们虽然都用食船虫来统称，但其实它的种类很多。我把它大致分为三种来说明吧。

“第一种专吃海里的木材或木质船底，并在里面钻洞，叫作木蠹虫。长度三到四厘米，形状像鼠妇。

“另一种的外形和木蠹虫很像，但稍微大一点，长约六厘米。这两种蠹虫都有很多种类，在世界各地的海域都有分布，不论是寒带还是热带。它们群集在木头或木板上，钻孔居住在里头，把坚硬的木头蛀得像海绵一样，就像是海洋里的白蚁，算是一种害虫。

“第三种是船蛆，是一种蚯蚓般的长虫。一开始只是小虫，附着在木板表面，钻了洞居住。而后，它会渐渐长大，把洞钻得又深又大，最后可能达到三十厘米，甚至更长。

“现在，人们会在木船船底贴上薄铜板，这样就可以防治这种虫。但是，在那些没有贴铜板的木船船底，它还是会钻出一条条像没有尽头的隧道一般的洞。如果整面船底都被钻得像莲藕切面一样，任何的船只都无法承受。对木船来说，它真的是一种可怕的虫。

“至于附着在船底的海藻，有石莼、紫菜等，种类繁多。贝类则有牡蛎、龟足、茗荷贝、藤壶等，其中藤壶附着的最多。藤壶是一种形状像富士山的贝类，大的藤壶甚至可以长到直径五厘米、高五厘米，这种贝类会附着在整面船底。藤壶就算藤壶虫死了，它的壳还是会继续吸附着。变成空壳之后，某些幼鱼或蟹便会钻进去，借由船只的帮助，旅行到遥远的海域。因此，大西洋的鱼也会游到太平洋来。

“很久以前，西洋人说过：藤壶是阻止船只行进的魔鬼。

“就像刚才船长说的，这种贝类大量附着于船底，船就开不快了。”

帐篷中，光着身子的学生坐在圆木上，专心地听讲。老师也以空箱为椅，光着身子坐着授课。在桌子、黑板、纸和铅笔等什么都没有的无人岛教室里，课程就这样进行着。

制　盐

想为食物增添味道或是保存鱼肉都需要用到盐。无论是炊事班还是吃饭的人都说：

“如果能吃到盐烤鱼就好了。”

这件事并不是做不到。

“我们来制盐吧。”

“要怎么做呢？”

于是，大家开始集思广益。

第一种是日晒制盐法。这种方法是将海水泼洒在太阳直晒的沙滩上，让水分蒸发撷取盐分。岛上的沙是白珊瑚的碎屑所形成的，所以纯白晶莹，反射在上头的日光，虽然闪耀刺目，但白天光着脚踩在沙上，脚底也不会觉得烫。因为白色不能吸热的关系，所以在这样的沙滩上泼洒海水，就算让太阳晒干了，也不容易取得盐。因此，最后我们决议：

“下次用从宝岛捡回来的柴火，熬煮海水来取盐吧。”

所以，我们做了许多工程。先用珊瑚块搭建倾斜的长方形大灶，再将瘦长灶炉的深处垫高，末端装上烟囱。之后在长灶的上方，放置一排装了海水的油桶。这样一来，只要在灶口处点火烧柴，火就能充分地烧到最里头。

大伙儿把从宝岛搬回来的柴火堆成山，点了火一整天不停地烧。但是，就算宝贵的柴火转眼就要烧光了，制成的盐却还是少得可怜。

“这样的话就没办法了……怎么办？”

大家头靠着头商量对策，渔业长想出了一个好点子：

“我们收集一些体积大的海绵，倒入海水在太阳下晒干，然后再倒海水。经过几次反复作业，最后，海绵里的水会含有高浓度的盐分。到时候再把海绵里的汁挤出来熬煮，应该就没问题了。”

“这个想法太棒了！”

“新发明啊！”

“那么，今天的作业就是收集海绵。”

海中生长着颜色黑浊的大海绵。摘下大量的海绵，用海滩上的沙将它填满。放置一段时间后，海绵虫就会死掉。

同一时间，把煮饭炉灶的灰收集起来，放入桶里，再加入井水，搅拌成碱水。海绵用沙填塞放置两天之后挖出来，置于阳光下暴晒，然后再用碱水仔细清洗，就能变成干净的橘色海绵。

大量的海绵冲洗干净后，放在沙地排好，浇入海水。大约到半干的时候，再浇入海水。

同样的步骤重复多次，最后海绵就会饱含浓厚的盐分。把它放在装海水的油桶里，细细地搓揉、挤压，再熬煮那桶水的话，只要一点点柴火就能取得相当多的盐。因为对制作流程还不太娴熟，做出来的盐呈现鼠灰色，杂质多，但已经能用来调味了。

炊事值日生立刻用这盐做了酥脆的盐烤鱼。大伙儿都乐坏了：

“怎么会这么好吃？”

“也可以做咸腌鱼了。”

于是，我说：

“这么一来，盐也有了。再多想些我们能做的事吧。”

制盐的值日生又增加了一名。而且，随着精益求精地改良制作过程，我们也可以制出又大又白的盐块了。

后来，因为需要用到柴火的关系，我们改在宝岛上制造盐了。

把帐篷改成茅草屋

某一天，渔业长宣布：

“因为我们编织渔网用掉了相当多的帆布，而且今后编网的材料也只有帆布可用。再加上，假如有人生了重病、受伤，也需要帆布做成吊床。到了冬天，还要拿来作为守望值日生的外套。除此之外，帆布还有很多的用途，帆布真的十分珍贵，用它当成帐篷实在太可惜了。

“若是一直被用来当房顶，帆布过个一年恐怕就要破了。过上个两年，肯定会破烂不堪。幸好，宝岛的漂流木当中有木材、长木板、船舱门板等，而且本部岛与宝岛都长了茂密的杂草。所以，我们拆掉帐篷搭个茅草屋吧，各位觉得如何？”

众人都觉得这是个好主意，毫无异议。我们这十六个人，大多都是在渔村、农村的茅草屋里出生、长大的，因此感到十分亲切。大家在宝岛收集了木材，割下长草，把本部岛和宝岛的小屋都换成了茅草屋顶。

水手长凭一双巧手，以结实的木质骨架立起了柱子和屋顶，又在屋顶铺上了厚厚的一层草。夜里睡觉的时候，我们四面围上帆布避风，白天则将帆布卷起来。下雨的时候，再把避风用的帆布拿到外面摊开，接引屋顶流下的雨水到油桶里备用。我们还用草根在茅草屋顶编了一个“水”字的花纹，保佑我们能多储存一些宝贵的雨水。

岛上不时会下雨，我们会将累积的雨水和井水兑在一起饮用。

草对我们来说是很重要的材料，我们尽可能地保护草根，让草长得更茂盛。

用茅草铺了屋顶后，我们又想到了别的点子，那就是用水手刀把两座岛上的长叶草割下来，在太阳下晒干，做成类似马粮的干草，为过冬预做准备。

之后，我们还将干草编织成了草席之类的用具铺在草屋里，也做了被子、腰带和小屋里的屏风。

整体来说，帆船的水手对手工艺很在行。

在船上的时候，他们就会解开老旧的绳索，拆成长毛线那样，再把线编织成鞋垫、草席。此外，他们也很擅长织布，会做一些用来包在船帆或粗绳等容易摩擦之处的防护装置。

身处在岛上，大家都是趁着休息的时候，一边聊天，一边编织干草的，制作出漂亮的干草垫或是提篮。

连用来绑柴火的绳子都是草绳制成的。

此外，我还考虑在入冬之后，要利用鸟的羽毛来代替棉布御寒。

龙宫的花园

在小岛的海岸外不远的地方，海就非常深了。大体上，若将海的深度与山的高度相比，海的深度会略胜一筹。若是把世界最高的山沉进世界最深的海里，山毫无疑问会完全被水没过吧。

从山脚下仰望世界最高的山峰，景色壮阔而美丽。但相反地，从高空中搭乘热气球俯视这座山，一定也会感受到另一种美感和伟大。

就像可以从天空中俯视我们所居住的这个“空气世界”里的高山一样，我们也可以从高处俯视鱼群栖息的“水世界”里的高山。

在天气晴朗、水面无波的日子划着舢板出去，到离岛屿稍远的外海往下望。海面就像是水世界里的高空，岛屿则像是突出于云上的高峰之巅。从山顶上陡直而下的万丈深谷，一直连绵到黑暗不见一物的海底。所以，舢板就等于是漂浮在水之世界的天空里的热气球。

白天，太阳光直射下来，可以看到水里相当深的地方。连接着小岛与深海谷底的坡面生着一片海藻林，有鱼群在“林间”穿梭游动。接近山顶的地方，也就是浅水处，有一畦花田，这里最美也最有趣，生长着茂密、美丽的海藻和珊瑚。不管看向哪个方向，都有蓝、绿、褐、黄、紫、红等鲜艳的色彩，令人目不暇接。而且，那些海藻和珊瑚的形状，有的是交错纵横的枝条，有的只有叶子，也有的像很多结了很多果子或长了很多卷心菜。如果以陆地生物来比喻的话，只要想象成大大小小各种各样的仙人掌，放大了好几倍之后，密密麻麻地丛生在一起的样子就行了。

但是，那颜色之美、种类之多，实在是难以形容。举例来说，就如同黎明前几百、几千朵牵牛花层层叠叠地一齐绽放的情景，陆地上的花园无论再怎么美也难以相比。大型的海葵就像美丽盛开的大朵菊花，而软珊瑚中的海莓则与艳红的大草莓长得一模一样，宛如走入了童话中龙宫里乙姬公主[1]的花园。

而在这片由珊瑚石、蜂巢珊瑚、海参石、仙人掌石、黑角珊瑚、海笋、海绵、海百合、海笔等构成的色彩夺目的景色中

1. 乙姬公主：日本童话《浦岛太郎》中，龙宫里的公主。

游进游出、自在嬉戏的，是色彩更为鲜丽的鱼群。

这些鱼儿的色彩之美、形状之珍奇，比起珊瑚和海藻更胜一筹。我们常说陆地上最美的动物是蝴蝶和鸟，而栖息在这些珊瑚礁里的鱼群，像是蝴蝶鱼、雀鲷、隆头鱼等的美丽，却是我无论如何都无法形容的。它们有着比珊瑚、海藻更浓烈的颜色，鲜红、桃红、深红、黄、橙、褐、青、绿、藏青、宝蓝、浅蓝、黑等，宛如刚刚上了漆一般油亮。此外，这些色彩的组合也极为有趣，从多色相间、粗直纹、横纹到完全难以想象的颜色，应有尽有。而且，它们的形状多半也很稀奇。它们摆动着长尾或奇形怪状的鱼鳍在海中悠游，仿佛是陆地上美丽的蝴蝶、鸟群飞舞在盛放的花丛间。

当我们正为它们绚烂的美丽着迷时，那美丽的颜色却陡然一变。原来只要受到惊吓，鱼群就会变色。这时，一群大鱼倏地游过来，又如箭矢般仓皇地消失无踪。原来，一群形状仿如水雷似的巨大鲨鱼正神气非凡地往这里靠近。长着滑稽怪头的双髻鲨，正要从海中通过。千万不可小看这群大鲨鱼，它们能把舢板那样的小船整个掀翻。

在天气晴朗的时候，可以清楚地看到水面下约四十米深度的海中景观。因为海水清澈、干净，二十米的深度看起来也只有五米左右。

太阳一路西斜，夕阳为小岛降下了红色的帘幕，海洋也变成一片火红。不久后，天空、小岛和海面都暮霭所笼罩。星光映照在海面上后，众多悠游的鱼群就都不知跑到哪里去了。当“龙宫花园”里那些闪耀着土耳其玉蓝鳞片的小鱼都不见踪影之后，海里出现了成千上万萤火虫般的小小光芒，上下左右摇曳摆动。是天上星光的反射吗？不是，那是一群夜光虫。

发光的鱼群像是在夸耀自己晶亮的衣裳般穿梭在那些光芒之间。这景象多么美啊！

我已经不再妄图通过语言来形容眼前的景色了。低头俯视海中光点闪耀的夜光虫，它们的数量比我们头顶的星星还要多。

每个轮值负责钓鱼的人都会划舢板出海，去看这一片水中世界。而“龙宫花园”的美景，鱼类绚丽的色泽、有趣的习性，都带给我们无比的喜悦。很多事物越看、越加以思索，便越觉得不可思议。在一点一滴地研究它们的过程中，又会涌出许多难以言喻的乐趣来。

在渔业长的指导下，大家接受了实地教育并进行了研究，增长了许多知识。渔业长与他的助手小笠原老人将这片珊瑚礁之海称作我们的标本室。这两个人好像把太平洋当成自己的家了。至少，他们认为本部岛和宝岛附近的海域归属于他们吧。

这里钓到的鱼种类繁多，像是裸鰆、鲣鱼、梭鱼、鬼头刀、川纹笛鲷、平鲷、平鲣、六带鲹等。偶尔也会钓到长两米、如人腿一般粗的海蛇，或是尾部藏有毒针的赤魟。鲨鱼虽然有很多，但是没有钓到过。

海滩则常有贝类像沙砾般被冲上岸。数百种不知名的贝类，比大学博物馆标本室里的收藏还多。而且，贝类也可以食用，海胆、马蹄螺、珍珠蛤我们都经常吃。

岛屿的海滩都是白珊瑚破碎后所形成的雪白细沙，在耀眼的日光直射下宛如白银般闪闪发光。

白沙上经常有各种颜色的大小螃蟹出没。大块珊瑚阴影下的是绿色螃蟹，它们会像鲸鱼喷水一样吐出水来。还有种会叫的螃蟹，会在宁静的夜里发出“咕咕咕咕”的叫声。体形最大的一种螃蟹会等到天黑，鸟的眼睛看不见的时候，用拔钉钳般的夹子把燕鸥的幼鸟夹回自己的洞穴中，就像盗贼一样。

有人可能会认为我们在这无人岛上的这段日子很寂寞、很无聊，但其实一点儿也不会。

连天空的浮云也都使出浑身解数来安慰我们。云朵映照着朝夕的日光，一再展现出美丽的色彩。尤其以积雨云最为有趣，令人百看不厌。

云山会变幻成各种不同的造型，有时是妙义山[1]，有时是金

1. 妙义山：位于日本群马县，为日本三大奇胜之一，海拔一一〇三米。

刚山[1]。而它随时又会幻化成雪人或大佛。有时候，宛如一片墨黑的牡丹花丛的云会渐渐平行扩展开来，然后像军队快速奔跑般朝着岛上的方向行进。行军的队伍才刚到外海就会下起雨来，垂下淡墨色的雨幕。雨幕随着风一同飘送到岛上，赐给我们甜美的饮用水。

大伙儿都是如此亲近大自然，把自己周遭所有的一切都视为好友。

万事万物的好与坏，端看你是如何看待的。就算生活在无垠海洋和高远蓝天下的这座米粒般的小岛也是一样，个人的心念转折会令人愉快，也会令人忧虑。

明知救援船的到来遥遥无期，却仍然殷殷期盼的十六个人；明知也许几年才会经过一次船只，但仍然耐心瞭望、搜寻的十六个人。这其中要是有人软弱、怯懦，哪怕只是一个人，该会变成什么样的情景呢？

软弱的人会出现夜不成眠的毛病。晚上，夜深人静的时候，我仰望星空，凝视着银河缓慢流动的光芒，不时会看见一两颗星星拉着长尾巴飞跃而逝，于是便想道：

“啊。那颗星星是飞往日本的方向——那边是日本啊……”

1. 金刚山：位于日本奈良县与大阪府交界处，海拔一一二五米，是金刚山脉的主峰。

脚边拍打上来的海浪发出“沙沙”的声响，让我的心情更加凄凉。悄然而至的凉风吹动茅草屋的帆布屏风，没来由地令人觉得悲伤。看到了月亮，人便会想起自己的故乡。细细思量起来，翘首久候的帆船怎么盼也看不见踪影。心情失落，日思夜想，终于染上了病。以前那些漂流者打从心底诅咒广阔无边的天空与蔚蓝大海的说法，使人深感戚戚焉。

最要不得的就是两手空空地四处游晃。因此，我们决定了轮岗制，每个人在每一天都有事可做：从瞭望塔的值日生，到炊事、捡柴、劈柴、钓鱼、管理海龟牧场、制盐、打扫和整理宿舍、看管长明灯、做杂务。除了这些工作以外，临时性的作业也很多。自从发现宝岛之后，又多了划船到宝岛的舢板值日生和负责宝岛上各种事务的岗位。

这些作业，不论哪一件，都是我们为了生存下去所必须做的事情。每个人都专注地投入自己手上的每件工作。

我最感激的是，部下都很清楚地知道“一个人做的事，与十六个人息息相关。十六人为一人，一人为十六人”，并因此从不懈怠地磨炼心志。

第三章

一辈子的宝藏

文具用品

渐渐习惯了岛上的生活以后，我们空闲的时间就多了。因此，自六月中旬开始，我们便每隔一天在上午和下午加入授课时间。

我和大副为实习生、船员以及年轻的水手和渔夫们，开了船只运用术和航海术的课，渔业长则负责渔业和水产的授课与实习。除此之外，我还是数学和作文老师。

文具用品花费了我不少心思。我用三只铁铲当作石板，海胆刺作为石笔。岛上的海胆很大，它们虽然长得像是带壳的栗子，但光是上面的一根刺就粗得跟成人的小指头一般大。刚开始是红色的，但经过阳光曝晒之后就会变为白色，几乎可以媲美滑石笔。我们就用它在铲子板上写简短的句子，做计算。

习字，是将木头削成细笔，在沙上练习书写。

我教两名实习生和三名归化人学习汉字。归化人则教实习生和船员练习英语会话和作文。

如此一来，偶尔工作量较少的时候，我们就会过上几天学校生活。每星期，我都会向所有人做一次精神训话。

“我想要墨水。”我说。

水手长收集长明灯累积的油烟，混在白米煮的稀饭里，做出了近似墨水的液体。他还用海鸟的粗羽毛做了十分好用的羽毛笔。不过，这墨水还是没办法写字。

于是，渔业长将六带鲹的皮剥下来熬煮，制成胶，再混入水手长的墨水里，终于做出了地道的墨水。这种墨水防水，写到帆布上后，就算浸到海水里也不会消失。

因此，我们在救生圈上贴上帆布，然后拿墨水先用日文写上：

珀尔和赫米斯环礁，“龙睡号”遇难，全体十六人生还，乞求救援。

再写上同样意思的英文，划着舢板把救生圈带到外海，然后在心中默念：

“我们的黑潮啊，请你把它带到日本吧……救生圈啊，祈求经过的船只将你捞起吧……”

另外，我们还在救生圈上立了一根帆布小旗，便于吸引目光。

“墨水啊，经历再多年的风浪也求你不要消失……文字啊，请永远保持清晰，直到有人读到你……”

我们十六个人对这只救生圈和它上面的墨水寄予了殷切的期望。

由于制成了墨水，我开始在帆布上写日记。那是一条类似女人腰带般的长帆布。几年后，它一定会成为一捆厚重的卷轴。另外，我也用帆布制作了课本让归化人阅读。课本当然也都是卷轴形式的。

一天工作完毕、夕阳西下之际，就是全员的运动时间。相扑、拔河、推棍[1]、游泳、绕着岛跑几圈。之后再来个海水浴，然后吃晚饭。每天的生活非常有规律。

有月亮的夜晚，我们即使到了晚上也会玩相扑，大伙儿还铺了一个地道的土俵[2]。晚餐后也流行唱歌、吟诗。归化人教大家唱英文歌，比如水手起锚时合唱的号子。他们同时也学习吟诗。

不知不觉到了就寝时间，一日来的疲惫让大家倒头就睡，正好无暇思考软弱、怯懦的念头。

即使大伙儿这么安稳地睡着，站在高塔上的瞭望值夜员还是不敢怠惰，向四方瞭望注意有没有船只经过。瞭望值日生在晚上十点前由青年组担任，十点以后到黎明则换成老年组。白天则是全体轮流看守。

---

1. 推棍：一种运动方式，两人分别握住一根木棍的两段，相互角力将木棍推向对方。
2. 土俵：相扑的比赛场地，圆形，四周以装满土的草编袋子围成，直径为 4.55 米。

茶话会

对我们十六个人而言，雨水是上天的恩赐。因为老天送给我们的这大量的蒸馏水，就是我们的生命之水。

下雨的日子，大家都格外开心，春风满面。除了能够储存雨水，还有其他的原因。

因为下雨的日子，我们下午会在小屋里开茶话会。茶话会那一天，我们会用雨水煮珍贵的米汤，配一个罐头或是螺肉来当点心。这是岛上最豪华的盛宴，大家都忍不住发出啧啧赞叹。

“啊，真好吃！没想到米汤的味道这么鲜美啊！”

“好吃到舌头都快融化了。”

而且，雨天的茶话会总是既热闹又欢乐。余兴表演时，大家会展露各自的绝技，或是令人敬服，或是令人拍着肚皮大笑。笑声与掌声振动了太平洋的空气，回荡在海波中，而且甚至惊动了海豹岛上的海豹好友。海豹好友也配合着人类好友的嬉闹，齐声“嗷嗷”地叫了起来。

茶话会上聊的话题，首先要保证能对青年们有所帮助，同时也要适合我们当下的无人岛生活。因此，大部分的时间都是在由前辈们传授海上经验。

小笠原老人经常是主讲人，他在海上生活了四十四年。在这十六个人当中，他既是年纪最大的长者，又是在海上生活最久的人。他曾经搭乘帆船追逐鲸群，从太平洋的一角航行到另一角去，还曾开玩笑地说：

“我是太平洋的主人。”

他很健谈，又会手舞足蹈地模仿各种动作。说话不仅风趣，日语也很流利。

小笠原老人在第一次茶话会上说了这样的见闻：

你们大家虽然都叫我老人，其实我不过才五十五岁。只是这一丛乱糟糟的胡子和胖嘟嘟的身材让我看起来像个老人吧。

我的爷爷出生在美国捕鲸的大本营——大西洋沿岸的北方小岛南塔克特岛。我的爷爷、父亲和我，代代都是捕鲸人。爷爷拥有一艘一百一十五吨的捕鲸帆船，叫作“卡利鲸与安妮号”。他是船长。

爷爷年轻的时候，在一八二〇年（江户时代的文政三年），搭乘捕鲸船到太平洋日本沿岸、金华山[1]的外海，曾经发现过大量的抹香鲸群。

那可是几千头抹香鲸聚集在海面喷水啊！当时，世界捕鲸业最强盛的是美国，从发现这些鲸鱼的第二年开始，美国全国各地的捕鲸船都聚集到了金华山外海，大肆捕杀鲸鱼。到最后，来自各国的大大小小七百多艘捕鲸帆船，也都集中到了金华山外海。从此，太平洋再也没有鲸鱼的踪影了。

一八二三年，那艘美国捕鲸船发现了小笠原岛的母岛。小笠原岛有个很好的港口，而且岛上整年没有寒冬，还有干净的饮水涌出，林木资源丰富，柴火取之不尽。再加上，岛的附近也常有鲸群徘徊。由于当时它还是座无人岛，上岸的船员就搭

1. 金华山：此处指日本宫城县的金华山。金华山所属区域的“三陆·金华山渔场”是世界三大渔场之一。

起了帐篷休养生息。后来还建造起坚固的房子，有好几位捕鲸人在此定居下来。

我父亲在小笠原也有个家。而且，一八四五年（弘化二年），我就在这座岛上出生。

父母亲给我取名为弗里斯特·威廉。

那时候，捕鲸船上的人都把小笠原岛叫作波宁岛。听别人说，是因为有人问日本官员：

“那座岛叫作什么名字？”

对方说：

“那是无人岛（bujintou）。”

可能他们把“无人”听成了“布宁”，所以最后变成了“波宁岛”。

再说回来，我四岁那年的一月，有人在美国旧金山这个偏远的地方发现了源源不绝的沙金。因此，美国和欧洲各地的贪婪人士都扛着铁铲蜂拥来到这个冷清的小港口——旧金山挖沙金。

渴求沙金的贪婪病立刻传染给了捕鲸船的船员，美国太平洋沿岸各港口停泊的捕鲸船上，水手、渔夫甚至大副都喊着：

“捕鲸不如去淘金！”

并且纷纷背起身上的行囊，下船的下船，逃跑的逃跑。一艘艘捕鲸船只能在港里下锚，动弹不得。突然之间，美国的捕鲸船全瘫痪了。

但是，我父亲是个天生的捕鲸人，什么沙金不沙金的，他根本不屑一顾，他就喜欢温暖、舒适的小笠原岛。

终于，十一岁的春天（安政二年），我的愿望成真了。父亲让我上了他的船，到太平洋去捕鲸。我太高兴了，恨不得早一点儿学成出师，射出我的第一支鱼叉。

刚开始，大人把我绑在桅杆上方，其实是在瞭望台下的木桶里。我躲进木桶，练习瞭望。我没有输给上面瞭望的大人，很快就发现了鲸鱼喷出的气息，然后用唱歌的音调，拉长了声音，好像鲸的呼吸一般，用最大的力气叫道：

“布罗——嘶——吼——”

鲸鱼喷水的现象，英文叫作“布罗”（blow）。然后，我伸长了手臂，指向看到的方位。

于是，下面的人会从甲板仰头看着桅杆，问：

“是哪一种鲸？”

从鲸鱼喷水的方法就可以清楚地辨别出鲸鱼的种类。

这时候，若不立刻说出“抹香”或是“长须”就会被大人狠狠地斥责。如果说错了，更会令他们大发雷霆。发脾气时，他们总会骂道：

“你这个砂糖崽子！”

这个听在小孩子的耳中，就好像雷声从头顶劈下来似的，只能硬着头皮承受。

会这么骂是有原因的。在你成为独当一面的海上男儿之前，要经历过数千次，也许无数次的海水灌顶，耐受盐分渗入骨髓的考验。因此，独当一面的海上勇士是“盐”。像我这种特别的海员，则是“老盐”。盐的反面是糖，按照这个道理，对一个想成为海上男儿的人，被骂成“砂糖崽子”是个莫大的耻辱。

鲸鱼喷气一次六秒，十分钟能喷出六七次。如果一次喷气长达十秒钟，并且水雾特别浓，就证明它准备沉入深海，因此要提前把肺中的空气一次喷尽。

有时候，鲸鱼喷出的水雾可以高达十米以上。水雾笔直地往上喷出，末端分成两股的是露脊鲸；喷出一个粗大水柱的是座头鲸；喷出的水柱高而细长的是蓝鲸，比较短的则是长须鲸；高度最低，但也有四米左右的是塞鲸；朝前方四十五度的角度喷射的是抹香鲸。

抹香鲸有牙齿，强壮有力。同类的鲸群之间，彼此也会争斗。由于抹香鲸油的质量最好，所以所有的捕鲸船都想猎捕它。用鱼叉叉中之后，它就会变得发怒狂暴。只要被它那又硬又大的头轻轻一撞，或只是用尾巴随便扫中，小船立刻就会粉身碎骨。有些时候，它会对准母船冲来，但就算是母船，被它一撞也会出现裂缝终至沉没。

我第一次看到“鲸跃”时，真的是又惊又喜。应该很少有人看过背上长了鳍的塞鲸一次又一次不断跃起的模样吧。它虽然身形巨大，但却能头部朝上几乎垂直地跃出海面高达十五米，尾部也高高地离开水面。接着划出一个大大的弧线，头部“扑通”一声钻进海里，然后再次跃起。抹香鲸上等鞣皮般的白色腹部，有数条大而深的纵向皱褶，灰色的背部有块小小的三角形鳍。整个鲸身在阳光下闪闪发光。

抹香鲸也很善于跳跃。超过十五米长的身躯刚开始露出海面，便以极快的速度疾驰，转眼之间，它微微地跃起，最后“哗”的一声冲到空中。方形的头部朝上倾斜四十五度，然后将那全世界数一数二的庞大躯体完全抛向空中。那种壮观的景象该怎么说才好呢？我是无法形容了。

毕竟，在地球上的动物之中，就体形之大来说，它可是王者呢。

接着，落水时造成的水雾、声响，宛如水雷爆炸一样。而且是三四头一起哦。“轰——”地发出海鸣，回声能传达到极遥远的地方。这种奇景在陆地上当然是看不见的。它会令人深深地感觉到海洋之广阔，海中的动物也是因此才格外巨大。

此外，我还有过这种经历：十五岁的时候，我坐上父亲的船到阿拉斯加的最北端——巴洛岬再往东行。沿着冰的裂隙通过北冰洋，从船上好几次看到白熊在冰上踽踽独行。

“父亲，可以捕捉白熊吗？”我问。

父亲说：

“不可以用火枪打或是用鱼叉刺死。徒手活捉倒是可以。”

后来我明白了，那是父亲对我的疼爱。他其实是想告诉还是少年的我：你还没有能力猎熊，千万别做那么危险的事。

但是，当时我不仅没有体会到他的慈爱，还产生了一种很不孝的想法：

“父亲在考验我的勇气。白熊的身形比鲸鱼小多了，不可能活捉不到。好，让我来试试看。”

然后，我决定学美国的牧童骑着马、戴宽边帽，把绳圈转啊转地套在野马或野牛头上那样，生擒活捉白熊。我要让父亲和船上的伙伴们大吃一惊，然后把白熊的毛皮送给爷爷，讨他欢心，这样我就能变成英雄了。我在心中暗暗下了决心，立刻开始猎熊练习。

白熊一遇到人靠近，就会用后脚站起来，伸出前脚，一跃将人抱住。所以，我要先发制人，先用绳圈套住熊的脖子，然后立刻将绳子绕在它的前脚上，再用力把它往前拉倒。如此一来，只要它试图伸直前脚站起来，就会抻紧绳子。熊被绳子勒住脖子而倒下，使我得以成功活捉了。

首先，我在长绳的末端嵌入了一个小金环，将它穿过绳子，做一个大大的索套。然后把木头摆成十字，当作白熊的替身，我把自己绑在甲板的扶栏上，把摆成十字形的木头当成熊的前脚，距离十步左右开始练习投绳。

套中脖子之后，绳索立刻绷紧。我再把金环抛送过去，将它两只前脚都套上这环，接下来只要奋力拉回来即可。在三四天时间里，我连吃饭时间都节省下来，努力地练习。专心对小孩来说十分有用，我很快就上手了。可惜的是，终于要和白熊正面对决时，船却出航了。父亲一定是认为“再这样下去就太危险了”吧。

投绳也是一项很好的运动，而且经常派得上用场。大家要不要试试看啊？我来教你们。

接下来说说为什么我会从“弗里斯特·威廉”变成“小笠原岛吉”吧。

三十一岁的时候，明治八年，波宁岛成为日本的领土，定名为日本小笠原群岛。那是我出生的岛屿、心爱的岛屿。小岛既然成了日本的领土，我自然也就是日本人了。这是理所当然的吧。所以，我归化成了日本人。弗里斯特·威廉的名字也改成了日本名，沿用岛屿的名字，叫作小笠原岛吉。怎么样，名字取得好吧？

我再说说渔夫范多的家世吧。范多的老爸本来是个捕鲸船的射手，后来转为猎海獭的射手。他也是火枪高手哦。射手在英文中念作“hunter”。射手的儿子爱德华·弗列德里克归化，也就以老爹的职业为姓，叫作范多[1]铳太郎。

在这里的另一个人是我的表弟——哈里斯·戴维。他给自己取名为“父岛一郎”，因为他住在小笠原群岛的父岛，所以以岛名来命名。

下次再说说更有趣的故事吧。今天到此为止。

帐篷中响起了如雷的掌声。

1. 范多：范多的日文读音为“hanta”，与“hunter”近似。

鸟邮差

七月初，在宝岛的人发现了一块名片大小的铜牌，上面还有可以穿线的孔洞。这张铜牌的表面依稀有些类似英文的文字，所以大副把它带回来交给我。

把望远镜当成放大镜仔细检查过铜牌后，我发现那是用钉子刻的英文。似乎经历了悠久的岁月，几乎都快要消失殆尽了。归化人和实习生里懂英文的人全围了过来，好不容易才辨识出几个文字：

“……岛，遇难、五人生存，求救——一八……年……”

船名和岛名、年月都消失了。

但不难看出，这个铜牌来自某艘遭遇海难的外国船只上的五位幸存者。他们用钉子在贴在船底的铜板上刻下求救信，然后挂在海鸟的脖子上，使得这封信被传达到了我们这里。

“那五个人不知道怎么样了。”

实习生秋田说出了大家的心声。

小笠原老人断然说：

“没必要担心，这是很久以前的事了。遇到这种情形，都把它当成获救了就行了。”

“铜牌信是个好点子，我们也赶快学他们做吧。”

我从我们的仓库中把之前写漂流信剩下的铜板拿出来，做了十片铜牌，又打了穿线用的孔。

然后，用钉子写上日文：

珀尔和赫米斯环礁，“龙睡号”遇难，全体十六人生还。乞求救援。

明治三十二年七月。

背后用英文写上同样的意思。由会员和实习生写日文，英文则由归化人负责。写的人个个都抱持着“这次一定有用”的心情，专心地写着。

“国后，你去抓几只可以挂上这些铜牌的鸟来，尽可能抓些健康的鸟。拜托你了。”

大家都知道鸟与国后是好朋友，也都为此啧啧称奇。

我们在国后抓来的海鸟脖子上，小心地挂上细铁丝系住的一片铜板，然后将它放飞。

但铜片太大、太重，鸟儿飞不动，因此我们不得不将铜片缩小。了解了鸟的脖子可以承受的大小和重量以后，我们在燕鸥、信天翁等共十只鸟的脖子挂上铜牌，带到海边后放飞。

脖子上挂了铜牌而受惊的鸟儿，一只只朝着四面八方高飞而去。雨云低垂到海平面，眼看就要下雨了，但大伙儿仍然站在海边，望着鸟儿飞去的方向喊道：

“鸟邮差，拜托你们了！”

“比起海潮邮差，鸟的速度快，也许更有用，因为它们会降落到某座岛上。但若是无人岛，辛辛苦苦送去也没有人收……”

“燕鸥和信天翁，不知道哪个比较靠得住。”

大家纷纷把想法说出来。

实习生浅野突然大声说道：

“要是有哪只鸟成功了，那就和以前故事里说的一样了……”

水手长被他的声音吓了一跳，回过头说：

“你说什么？听起来好像很有典故啊，说给我听听。”

只要听到什么不懂的事，无论对象、不论问题都要打破砂锅问到底，这是水手长的好习惯。好像是我某次曾经说过：“问是一时之耻，不懂是一世之耻。”从此之后，他就照着我的话去做了。

“这故事很古老，而且说来话长。”

“这样的话，大家一起坐在沙滩上，听你讲故事给我们听吧。”

这群孩子就是这么勤勉，一旦有机会遇到不了解的事情，总是会设法研究它、了解它的原委。

大伙儿在海滩围成圆圈，盘腿坐下，听实习生浅野开口讲故事：

这是在很久以前，我从一本讲述个人修养书上读到的故事。距今两千年前，中国西汉有一个人叫苏武。他担任皇帝的使者，前往北方的匈奴国。但是，匈奴人把苏武抓了起来，逼他投降、臣服于他们。苏武不愿接受，因此匈奴人把他推进一个大洞穴里，不给他食物。苏武过了好几日都不为所动。匈奴人看到苏武这么坚决，知道他并非等闲之辈，决定不杀他，而是把他放逐到极北的无人荒原上。匈奴人还给了他几头公山羊，告诉他："若是这些公羊生出了羊羔，我就放你回国。"然而，苏武还是坚定不移。他一开始被丢进洞里时，天上下了雪。所以，他拔下自己身上衣物的毛毡，混着雪充饥。被放逐到荒原之后，他有时吃野鼠，有时吃果子，就这样挨了十几年。

到了第十九年，中国西汉又派了使者到匈奴国，请求释放苏武。然而，匈奴人却说苏武很早以前就死了。其实，中国西汉早就得到了间谍的消息。间谍说匈奴人知道苏武还活着，所以一定会骗中国西汉的使者说他死了。于是，中国西汉的人想出了一个计策，要使者对匈奴说：

"苏武并没有死，他还活着。不久之前我国皇帝出外狩猎，放箭射下一只飞翔的雁，雁的脚上系着一片白布，上面有墨迹。解下来打开一看，原来是苏武写的信。上面写道：我在北方荒野上，请救救我。请您不要再说谎了，快快将苏武还给我们。"

这个计策果然骗过了匈奴人。他们一言未发，将待在北方十九年的苏武释放回国了。

因为这个典故，后来就将书信称为"雁帛"。

无论听故事的人还是讲故事的人，刚才都亲自用钉子在铜牌上写下了求救信息，并挂在海鸟的脖子上让它们飞走传信。所以听了苏武的故事，大伙儿都感触颇深。水手长十分佩服地说：

“同学，谢谢你。我明白了。苏武这个人忍耐了十九年呢！我们才刚刚开始呀！”

“龙睡号”的船员们都有海上男儿不屈不挠的精神，个个都是了不起的勇士。最难得的是他们从不会感到沮丧，“只要留着一条命，总有获救的机会”，大家都怀抱着希望。而在大家请海流传递、野鸟运送的书信中，都蕴含着这种希望。

小笠原老人对大家说：

“听到刚才的故事，我越发觉得这真是座好岛。天气暖和，又有食物。人数多，所以够热闹。而且，还能听到许多精彩的故事，有所长进。我们真是太幸福了，大家要永远奋斗下去。”

平常负责炊事指导的大副说：

“有人只靠着野鼠和果子就忍耐了十九年。我们还有鱼、龟做的午饭呢。大家加油吧！”

他边说边准备中午开饭。

我们午饭的菜色，有鲣鱼生鱼片，配岛上生产的山葵，焖烤马蹄螺，还有烤龟肉。和野鼠、果子相比，真的是天壤之别。

“我们真幸运啊，可以吃到这么丰盛的食物。”

“还可以再奋斗个几十年吧！”

不知是谁无意间说出了这两句话，完全说出了十六个人的心声。

众人来到帐篷中，船长我坐上座，其他人分别坐在两侧，面对面规矩地坐在草席上。

炊事值日生准备的菜，今天吃起来特别美味。当大家对于充足的粮食满怀感谢地细细咀嚼时，乌云密布的天空突然“啪嗒啪嗒”地落下豆子大的雨滴，随即又变为滂沱大雨。

“啊，有水了！”

一伙人立刻放下筷子，忙不迭地将挡风布拉到外面储存雨水。下到草屋屋顶的雨“哗哗”地流进油桶中。大家喜悦地看着这个光景，又热闹地继续开饭。

这天午后，我们也按照雨天的惯例开了茶话会。渔业长捕鲸的故事、归化人范多铳太郎猎海獭的故事说完后，小笠原老人就顺着上午我们做的铜板明信片，说起了船与邮件的故事：

在我们年轻的时候，捕鲸帆船不论驶到哪里都不会靠岸，一整年就在大海之中到处航行追逐着鲸鱼。谁也没想过要寄信给家乡或朋友，不过在太平洋上，真的有一个邮局。

那是从南美洲厄瓜多尔海岸往西六百海里，太平洋赤道正中的一个火山群岛，叫作科隆群岛。那是个由十多座主岛和六十座火山岛聚集组成的群岛，最初是由西班牙人发现的。

科隆是一种住在陆地上的龟，这种龟是陆龟中最大的一种。背壳的直径长达一米半，人骑在上面它也能轻松自在地缓缓爬行。那里就是因为栖息了大量的科隆陆龟，才得名科隆群岛的。这种乌龟又被称为象龟，一方面是因为它的身体庞大，另一方面也因为它的脚与象脚很像。据说这些岛上有七种龟，不同的岛屿居住的龟的种类也不同。

一直到不久之前，这些岛上都还无人居住。所以从很久以前，最方便船只停靠的那座岛屿就成了海盗的老巢。后来，捕鲸船在这个岛的港口靠岸，汲取饮水、劈柴。为了补给粮食，还采集了树果、抓了野生鸟类、野兽和科隆龟。

总的来说，这座岛上有太多珍奇的动物，像是很多长达一米以上、叫作“鬣蜥”的大蜥蜴，也有不会飞的鸟。还有很多小鸟把人类当成了朋友，或是随意停在人的肩膀上，或是会啄啄人类的鞋尖。

这座无人岛的港口，从百年前就成立了著名的科隆邮局。而且，邮局在捕鲸同行之间发挥了极大的功能。这所邮局是一八一二年英美爆发战争时，英国军舰“埃塞克斯号”的舰长波特先生设置的。

虽然称之为邮局，但其实只是一个空箱子，上面倒扣着一个大龟壳，就这么当成邮筒。这个邮筒就放在一块熔岩的裂缝上，一下船就能看到。仅此而已。

邮局成立之后，捕鲸船的船员只要船只一靠近小岛就会立刻上岸，找到龟壳下方的邮局，寻找寄给自己或自己船只的书信，或是将自己写给其他船只上的好友的信投递进去。

如此形成了一种有趣的惯例，而且长久地持续下去。

另一个太平洋的邮件传递系统则有些与众不同。在赤道往南、南纬二十度的地方，有个汤加群岛。它由近百个小岛所组成，其中有个纽阿佛岛，水手们都不爱称呼它正式的名称，而是昵称它为“白铁罐岛”。

从这座小岛出发，不论朝向哪个方向，距离最近的岛屿都要三百海里以上。由于它位于斐济岛与萨摩亚岛之间的汽船航线上，寄到该岛的邮件，都是汽船经过时送去的。

但是，这座岛屿四周风大浪高，不管是汽船携带邮件送到岛上，还是从岛上划小船到汽船上去收信，经常都无法成功。

所以，在海浪汹涌的季节，人们会把寄到该岛的邮件装在白铁罐里封好。汽船从岛的上风处将铁罐丢进海里，便头也不回地离开。岛上的人看到汽船丢下白铁罐，几个善泳的岛民就会跳入大海，游泳将这密封的罐子从大浪里捡回来。因此，大家才叫它白铁罐岛。

野葡萄

在岛上定居下来以后，我们突然过起了野人的生活。喝的水是带着咸味、石灰质含量高的井水，吃的食物不是海龟就是鱼。因此，十六个人都马上腹泻不止、痛苦难耐。这段经历在前面已经提过了。自从吃过这种苦头，大家为了防止再生病或受伤，都密切关注着彼此的身体状况。

鱼和海龟取之不竭，就算吃得再多，还是可以无限量供应。但是，吃太多可能会搞坏身体，另外也要戒除随便喝水的习惯。所以，大家都很勤于运动，十分注意强健体魄，连一点儿细节都不放过。

在我们的领土宝岛上长着蔓草，宝岛值日生发现一种蔓草长了许多类似葡萄的小果子，于是将果子送回本部岛。

在观察之下，我们发现它呈现紫色，散发着闪亮的光泽，总觉得好像有毒，但看起来又很可口。大伙儿凑近研究了半天，却没有人知道它是什么植物的果子。

“在美国应该会有类似的果子吧。”

大副问小笠原老人。

“我们这里三个人都出生在小笠原岛，对美国一无所知啊。”

“原来如此，我都给忘了。”

顿时哄堂大笑。

不管怎样都不可以乱吃东西，大家尝尽了千辛万苦，好不容易才活到现在。接下来的日子，只要还活在世上，就要努力工作下去。倘若因为一种不知名的野生果子送命或生病，那就太不值得了。我指示大家：

“在确认它无毒之前，大家都不准吃。”

可是，某天宝岛值日生从鸟粪中发现这种果子的种子。这真的是个大发现。第二班船回来时，除了宝岛的漂流木和海龟，他们也带回了夹杂种子的鸟粪和大量的果子。

“大家觉得怎么样？我想既然鸟都可以吃，人应该也可以。”

有人以鸟粪中的种子为证，认为吃它对身体无碍。

“虽然鸟和人类都是动物，但毕竟还是有很大的差异。”

另一些人还是不放心。

最积极主张果子无毒的，是热爱动物的渔夫国后。他说：

“我认为宝岛的野葡萄应该可以吃。我想先替大家吃吃看，试吃个五六粒，就算中毒了，我想也不碍事。而且，鸟类和野兽都很懂得如何在大自然中保护自己，有毒的食物它们也不会吃。鸟类的实验已经足够了，对我们十六个人来说，野葡萄也是不可缺少的食物。”

我明白他那奋不顾身的精神，但是，在没有得到更确切的证明之前，我无法同意让他试吃。

“总之，再等一阵子吧。”我说。

第二天，国后和范多两个人跑来找我。

“鸟类非常了解毒物，人应该也可以吃。保险起见，我把这果子放进钓来的鱼肚里，喂给海豹吃吃看。”

这两人愿意用他们亲如兄弟的海豹进行动物实验，是因为他们坚信这些果子没有问题。

另外，大副和渔业长也把果子压碎，涂在螃蟹的口边，或是放进海龟嘴里。总之，大家都在进行鸟类之外的动物实验。

夹杂种子的鸟粪送回本部岛的第三天早上，范多站在大副面前，抓抓头招认：

“我昨天晚上睡觉前，偷偷吃了十粒野葡萄，滋味非常甜美，而且我也睡了一夜好觉。今天早上，就如您所看到的，我活力充沛，肚子也没有异状。大家可以放心地吃野葡萄了。”

他最终还是为大家试吃了，人体实验就这么通过了。随后，大家都吃起这种果子。

好甜啊！再怎么说，岛上只有山葵称得上是蔬菜，现在又发现了野葡萄。大家都说，有生以来从没有吃过这么好吃的果子。开始吃野葡萄之后，十六个人都突然变胖了。因为严重腹泻导致身体逐渐虚弱的渔夫小川和杉田这一次也不药而愈，连粗重的活儿都能做了。

于是，野葡萄变成了宝岛送往本部岛最重要的输出品。我们用来向宝岛运送饮用水的油桶，去程时装满饮用水，回程时则会装上满满一桶这种类似紫葡萄的小果子，与海龟、漂流木和盐一起，随着每趟船班一起送回本部岛。

我们将这种小小的蔓草果子取名为野葡萄。它对植物性食物只有海岛山葵的十六个人来说真是如同至宝，也成了我们重要的粮食来源。因此，我们在本部岛也撒下了种子，又从宝岛把整株蔓草连根挖出来，带回本部岛移植栽培。另外，我们也把一部分野葡萄晒干做成葡萄干，储存起来作为冬天的粮食，以备在无人岛长久居住。

我们的好友海豹

最初与海豹成为朋友的是国后和范多。不久之后，每头海豹都和人类变得非常熟稔。不但一起游泳，还会用嘴接住我们投出去的木棒。摸摸它们的头，它们也会用形状像鳍的前脚轻拍人类。只要我们走近海豹半岛，它们就会嗷嗷叫着欢迎。

二十五头海豹并不是一直都待在海豹半岛上，有时我们去找海豹，却一头都看不见。这就意味着它们跳入自然的大餐厅——大海里去吃鱼了。这种海兽本来就是游泳高手，经常五六头一起在岛屿附近的海域嬉戏、潜水，用嘴巴灵巧地捉鱼，吃得饱饱地才回到岛上，滚来滚去睡大觉。

睡觉的时候，一定有一头海豹负责守卫。我们一接近，它就会把大伙儿叫起来。五月初时出生了五头可爱的小海豹，母海豹会教它们游泳的技巧和捕鱼诀窍。

海豹不在岛上的时候，只要我们朝着大海大声吆喝：

“吼咿——吼咿吼咿。海豹啊！”

听到我们的声音，几只海豹就会从外海的方向，如同海面上疾驰的鱼雷般掀起白浪，互相竞赛似的回到岛上来。

当它们爬上我们所站立的海滩时，会用力地左右摇晃脑袋，把毛上沾到的水花抖掉，然后左右左右地踏出前脚。当两只前脚都往前迈时，后脚会抬高，随着身子的收缩也向前迈。它们用这种滑稽的走路方式靠近我们，嘴里“呼呼”地冒着气，把头蹭过来。

“哦哦，好乖、好乖。吃了很多鱼吧。”

我说着，用右手摸摸它们的头，其他的海豹过来把我左手拿的木棒衔住拖走。

站在后面的两三头海豹，则用头使劲儿推我。

那动作好像在说：

“来吧。人类大叔，跟我们一起去游泳玩耍吧。”

我站起来，喊了一声：“嘿，去吧。”然后把手上的木棒使劲儿往海面丢，有多远丢多远。

海豹们立刻跳入海中，溅起水花朝木棒冲去。咬住木棒的海豹得意似的把头高高伸出水面，然后朝着岸边游回来。其他的海豹则有点儿羞愧地躲在海面下方，只露出半个头跟随在后。

我们和野生的海豹就是这么亲密、友好。

不过，在这二十五头海豹之中，唯有一头特别骄傲，它是头雄海豹，总是仰着头，翘起漂亮的胡须，把胸口挺得高高的。

这头海豹从来不与人类为伍。

我们没办法跟它成为好朋友。

就连国后、范多那样的驯海豹高手都无法接近它一步。

丢鱼过去，它会把头甩开，不愿意去吃。

而且，那样子仿佛在说：

“什么玩意儿，沾了人味的鱼。哼！我的餐厅可是太平洋呢！”

然后，它就会跳进海里，抓了一条大鱼衔在嘴里，把头高高地伸出水面，像是向人炫耀自己的猎物，之后再吞下肚子。

它也经常和其他的海豹打斗，而且一定会赢。

这头强悍的海豹，头部有个被咬过的大伤痕，使它看起来更加粗暴、强势。

可是，不知道什么缘由，有一天这头海豹竟然完全臣服于健壮的大块头渔夫川口了。

川口喂它鱼时，只要把鱼放在手掌上，它就会过来吃。川口抚摸它，它便会开心地用大鳍般的前脚“啪啪啪”地拍着川口。它对川口喜爱的程度，令在一旁的伙伴忍不住微笑。

川口帮这头连国后都无法驯服的勇猛、强悍的海豹，取名为“疤面白鼻”。那是因为这头海豹除了头上有个伤口外，鼻子上还生了一丛白毛，在海豹中十分罕见。

“白鼻”是川口的骄傲，他把它当作自己的弟弟一般疼爱。他不时会拜托炊事值日生从他的鱼当中分出一半，保持生鲜，不要料理，然后由他带去给“白鼻”吃。

有一天，晚饭后的相扑比赛上川口连续扳倒了五个人，大家报以热烈的掌声，川口说道：

“这没什么，我还比不上‘白鼻’。那家伙撂倒了二十四头海豹，它是海豹里的横纲[1]啊。”

他又在拿“白鼻”炫耀了。于是，大伙儿也承认“白鼻”的确是海豹中最威猛的王者。

川口显得十分得意，他像“白鼻”一样挺起胸膛说：

“强将手下无弱兵。”

没想到水手长接着说：

“大将军光着身子，士兵却穿着华丽的毛皮大衣，你这个大将军还真穷啊。”

---

1. 横纲：日本相扑运动员共分为十个等级，横纲是其中最高的等级。

众人听了，拍着手哄堂大笑。

这也是无人岛生活中独一无二的场面。但是，最强壮的“白鼻”也为川口带来了伤心的记忆……

海豹的胆

刚遇难来到岛上时，十六个人都得了严重的腹泻，但没过多久就痊愈了，大家又恢复了以往健壮的体魄。但是，小川和杉田却越发地虚弱。

他们吃了宝岛生长的野葡萄之后，看起来气色暂时有好转的趋势，可是却没有变胖，反而更加消瘦了。两个人看肚子病况转轻，所以也帮忙做些体力活，但似乎还是太费力了。就算让他们吃很多野葡萄、用长明灯暖肚子，又在腹部包了毛毯，想尽了各种法子，但一点儿效果都没有。

到了八月中旬，我们在岛上已经生活了四个月。大伙儿完全习惯了在无人岛上的生活。

尽管大家看似都精神饱满，每天怀抱热忱卖力工作，但两个渔夫虚弱的模样，兄弟们都看在眼里。

有什么好药方可以治病呢？大家讨论了很久，得出来的结论，应该是胆汁不足所引起的疾病，让他们俩服用苦药就会痊愈，而吃海豹的胆和胆囊应该最有效了。熊的胆囊叫作“熊胆”，人家都称它是灵丹妙药，所以海豹的胆一定也有效果。于是，我们便决定尽快去取海豹的胆来。但是，两个病人说：

“请各位别妄下定论。吃了野葡萄之后，我们已经觉得好多了。那些海豹好不容易跟我们亲近了，若是为了我们俩而杀了它们，那实在太可怜了。请再多等一段时间，过一阵子一定会好的。”

其实，没有一个人想杀海豹。但是，人的性命是无可取代的。

“海豹若是能成为救人性命的药，它们一定也会很欣慰的。你们就交给他们去办吧。”

虽然大家都苦苦相劝，但病人却仍不愿意接受。

“我们两个人的病真的有那么严重吗？虽然瞭望塔值班和宝岛值班没办法做，可是我们可以照顾海龟、打扫草屋，也可以去钓鱼。”

他们振作起精神，站起来摆出工作的样子，那模样一看就知道是硬撑出来的。我们无论如何都想把他们治好，但是倘若违背病人的意愿，硬是把海豹杀了的话，说不定他们会误以为：

“即使我们苦苦哀求，最后还是杀了海豹。这么看来，我们真的病入膏肓了。”

因此，我决定还是暂且观望一阵子，再做打算。

杀掉疼爱的海豹好友这种想法，就算不是病人，对其他人也是个头痛的问题。虽然没有说出口，但大家心里都想着：

“可怜的海豹，该来的时刻终于要来了。海豹啊，不要恨我们无情无义，这么做是为了救人性命。那些鱼啊、海龟啊，也都是在通过这种方式帮助我们……但是，拜托不要让我抽中这个杀海豹的任务。”

大家同时都在这么想。不过，众人安排的计划确实周详。

“我们先估计一下哪一头海豹的胆最具功效，这样紧急的时候才不会慌了手脚。”

“一定是最强的海豹药效最大，我们就把目标锁定在强壮且大胆的海豹身上吧。”

既然得出了这样的结论，“疤面白鼻”自然就成了最明显的答案。大家商量好了取胆的时机，再用抽签的方式抽出三个人负责取胆的任务。

大伙儿说好在八月底去取“白鼻”的胆来制药。这时，小笠原老人开起了玩笑：

“哈哈哈，‘疤面白鼻’吗？这家伙说什么也是海豹之王，肯定有一副上好的胆。不论什么病，吃了它就能胆到病除了吧——但是，以后就恐怖啦。会不会补得太强壮，跟‘白鼻’一样动不动就打架呢？到时候，我若是被打，就成了‘疤面红胡子’啦。哈哈哈……”

一直坐在一旁的漂流木上，使劲儿擦着钓钩的川口忽然站了起来，转向大家：

“海豹里头最强壮、胆子最大的，当然是‘白鼻’。这么做能够救人一命，真的是很伟大，它一定会成为药师佛的……”

川口的口气显得沮丧而沉静。他没有像平时那样挺起胸口，只是弯着腰凝视着白沙。

决定取“白鼻”的胆之后，川口每天都带着鱼到“白鼻”栖息的地方。

“喂，白鼻，你能治好两个病人呢。很伟大呀。多吃点儿鱼，在帮忙之前变得再强壮点儿吧。”

这只凶暴的雄海豹“喔”地叫了一声，吃下了鱼，然后用鼻子磨蹭川口的手，“呜、呜、呜”地低吟撒娇。鳍状的前脚“啪嗒啪嗒”地对川口扇动，又用鼻子使劲儿推推川口，把他推到海滩，溅起水花玩耍，再一起游水。像这样一次次地带着鱼去看它，使得川口渐渐有了不同的念头。

“若是这头‘白鼻’被杀的话……它不在了之后……”他想。

“到时候一定会很寂寞……”

一闪过这个念头，悲伤的情绪瞬间扩散到整颗心，但是，刚强的性格立刻又将它挥散。

就好像浪花拍上岸边，碎成了白花，散开后又消失了一样。

信天翁的智慧和力量

又过了几天，八月也过完了。到了十月，海上的天气就会变得凶恶，所以整个九月要把能载送的物品都送回本部岛，预先做好过冬的准备。

因此，九月一日一大早，我便乘着舢板从本部岛出发，在曙光的大海上前往宝岛。一行五个人，我、水手长和到宝岛交班的三名划桨手。

我们在正午左右抵达宝岛，当晚和二日晚上都在宝岛过夜。我指示他们制盐、捕龟、储存漂流木，整理带回本部岛移植的野葡萄根，同时再谨慎地把这座岛巡视一次。二日下午，发生了一件偶然的事，让我深深感受到信天翁是种值得佩服的鸟。

宝岛上一直住着十几只信天翁。这种鸟在白天会三五成群地飞到海上寻找食物。一旦发现目标，鸟儿们就会为了那块食物你争我夺，用大大的尖嘴互相啄咬。这种情景随处可见。

把食物吞下肚，饱餐一顿以后，这群鸟便会浮在海面上收起羽翼休息，优哉游哉地随波流动。

这群信天翁在波浪上收羽休息时，其中的一只必定会在同伴的头顶上盘旋飞翔，负责守卫。经过一段时间，它才会飘然降落在同伴浮游的海面上，收羽休息。此时，另一只会立刻飞上天际，再度进行守卫，绕圈飞行。不管是一小时还是两小时，只要信天翁群浮游在海面上，它们都会这么做。

这种守卫同伴的行为，海豹也会，没什么好稀奇的，但是守卫的信天翁一旦降落，那么不等它们在波面上稳住身子、收好羽翼，另一只已迅速展开翅膀飞舞而上。那模样仿佛早已决定下次该轮到谁站岗。

水手长对此十分佩服，立刻兴起强烈的求知欲问我：

“船长，是哪只鸟下的命令呢？”

但是，这个问题我也想不出答案。

“不知道欸。是谁下的命令呢……”

无可奈何之下，我只能这么回答。

“鸟们会有他们的法律吗？”

水手长的自言自语引得大家哈哈大笑。但是仔细一想，我们哪有资格笑呢？这根本是个人类还无法解答的困难问题。

这天早上，我们为了准备午餐去钓鱼，结果收获出乎意料得多。因此，我们把剩下的四五十条鱼排在漂流木上曝晒，做成半干的鱼干当作晚餐。

就在我们把准备种在本部岛的野葡萄根挖起，小心地用草席包起来时，有一只飞在空中当守卫的信天翁瞥见了正在晒着的鱼。不知道它打了什么暗号，浮在海面上的信天翁群突然间一齐振翅而起，飞去抢曝晒的鱼干。

“臭信天翁，看我不好好教训它们。”

渔夫大为光火，在剩下的鱼干里插进钓钩，丢到海滩上。果真有一只信天翁上钩，被他逮了个正着。渔夫用细绳把它大大的嘴结结实实地绑紧。

“因为你偷了人类的鱼，所以要这样惩罚你。你不知道剪舌麻雀[1]的故事吗？我们手上没有剪刀，所以只能用这种方法惩罚你。你们要抓就该去抓海里的鱼。”

教训了一顿以后，渔夫把被绑了嘴的信天翁放掉了。

受惊的信天翁降落到岛屿附近的海上，“啪嗒啪嗒”地拍着翅膀。

1. 剪舌麻雀：日本传统故事。有一对贫穷的老夫妇，老爷爷很善良，常喂麻雀。老奶奶则嫌麻雀吃他们的粮食，把麻雀舌头剪掉了。之后，老爷爷上门道歉，麻雀为了回报老爷爷的恩情，让老爷爷从大藤箱和小藤箱中选择一个作为礼物。老爷爷选了小藤箱，结果发现里面全是金子。老奶奶知道后也假装去道歉，拿到了大藤箱，结果被里面的鬼怪吓死了。

然而，接下来换成我们惊讶了。因为其他的信天翁看到了这个情景，一齐飞到被绑了嘴的信天翁周围，轮流去戳、咬和拉它嘴上的绳子。非常耐心地努力了很久，终于把绳子解开了。

从头到尾站在海岸边观看这一幕的我们，感觉被信天翁上了一课。

水手长对水手和渔夫说：

“平时只会互相争夺粮食、打斗的鸟儿，居然会贡献智慧和力量来解救同伴。我们也要好好努力，绝对不能输给这群鸟。”

虽然没说出口，但我心想：假如不能集合众人的力量和智慧让两名病人恢复健康，那么实在是愧对这群信天翁了。

川口的雷声

我们在宝岛停留了两个晚上。第三天的黎明，舢板载满了海龟、漂流木、盐和野葡萄离开了宝岛，回本部岛去。

如果按照平日的惯例，会有三个人换班留在宝岛。可是，装饮用水的油桶不知道为什么突然有三个漏水了，一时没留神水已经全部流光，只剩下一桶还有水，但也用了半桶以上。因为宝岛连一滴饮用水都挖不出来，这样的话，就不放心把三个值日生留在这里了。所以，我们决定全体一起折返，八个人因此一同坐上了舢板返航。没想到，“运气”这种东西还真是奇妙。就因为这三个储水桶突然间漏水，反倒帮了我们十六个人一个大忙。

九月三日，我们在海上迎接美丽的日出，往东笔直划行，过十点就到达本部岛了。

平常总有三个人留守在宝岛，所以十六个人全体到齐十分难得。大家把舢板上的货物一起搬上岸，一同分享了塞满整个油桶的礼物——野葡萄。我们让两个病人特别多吃了一些。这也是岛上生活中一个愉快的剪影。

“哪个人赶快去顶替站哨的人几分钟，让守望的人也下来品尝一下吧。”

我吩咐下去，立刻就有人爬上瞭望塔。当班的川口从塔上爬下来，满心欢喜地嚼起野葡萄。

大副向我报告我们离开后的状况，最后又补充道：

“还有，关于病人，您不在的时候，我已经再三劝过他们了。‘因为大家都很担心你们，所以你们还是早一点儿吃下海豹的药，恢复健康比较重要。你们两人要是能服下海豹的胆，大家不知道会有多么放心、高兴。这不只是为了你们两个人，而是为了所有的兄弟。’我这么一说，他们就释然了，明白地告诉我：那我们就赶紧吃药，尽早养好身体吧。”

“是吗？这真是太好了！那么，我们就赶紧行动起来吧。等下就要吃午饭了，就在午饭前把胆取来吧。”

因此，我们立刻准备抽签决定取海豹胆的人。负责瞭望的川口一听到要抽签决定取“白鼻”胆的人，立刻脸色大变，一声不吭地跑开，爬到瞭望塔上去了。没抽中签的人，也需要回到各自的工作岗位上，充满活力地展开岛上的工作，直到午饭时间。

海豹取胆部队的队长是水手长，范多和父岛在一旁帮忙。这三人抽到签了。

渔业长拿来一张大帆布，对父岛说：

“海豹的尸体，用这张帆布快速包裹起来。别让其他海豹看见。”

把帆布交给他们之后，渔业长又说：

“如果吓到海豹们，让它们以后不敢再靠近那个半岛就糟糕了。所以，麻烦你们要做得干净利落。还有，因为我们都光着身子，也要小心不要被‘白鼻’咬住、拖住，以免受伤。”

父岛拿着帆布，水手长和范多扛起粗木棒，向我们点头行礼。

“我们会成功地完成任务的。”

三个人三步并作两步地向外头走去。就在这时，“啊——”瞭望塔顶端传来一声晴天霹雳般的叫声，但只有一声，是大嗓门的川口雷鸣般的叫声。因为太突然了，兄弟们都吃了一惊，这种事情很不寻常。

“怎么了？”

“发生什么事了？”

十五个人一齐抬头看着高塔上的川口，但他不发一语，只是伸直了手臂，在瞭望塔上乱踩乱跳。

“他是不是疯啦？”

众人瞪大了眼睛，全呆住了。

“有船”

顺着发疯一般的川口伸直手臂所指的方向，我们往外海看去。在遥远海平面的彼方，有个非常渺小，但也非常明显的影子，那不正是斯库纳型帆船的船帆吗？

“啊！”

这次地面上的十几个人都不禁抛开手上的东西跳了起来。

“不得了了，有船！”

“啊，信号啊！火啊！”

“舢板啊！”

全员或是向左或是向右地冲作一团，随后到达了紧急状态的部署位置。转眼间，这次就位就像长久以来训练的那样顺利地完成了。

黑烟从三个地点渐渐升起。

我把望远镜挂在脖子上，跳上了放在海滩上的舢板。而船上值班的三名水手已经握紧了橹和桨，水手长扛着装了饮用水的油桶，也跟着坐上来。我和水手长以及划桨的三人把帽子和衣服包裹在一起丢进舢板里，几个人一起把舢板从海滩推出去。

接着，橹和桨猛力往下一推，舢板便朝着外海冲了出去。大家几乎是在同一时间进行同样的动作，就好像按下按钮，大型机器马上动起来一样。

"万岁！"

我们把留在岛上的十一个人扯破喉咙的叫喊声抛在后头，"嗨哟，嗨哟"地压弯橹和两支桨，不断地朝着外海远方的帆船划过去。只要手臂还有力气，就不停下来。

不知道那艘帆船是哪一国的船。就这么光着身子划船过去，可能会有损名誉。我们早就考虑到了这种情况，因此把船长我、水手长还有舢板三名划桨手的帽子和衣服包成了一包，准备好在紧急时刻与饮用水一起搬进舢板。接近那艘船之后，再赶紧穿上久违的衣物，准备上船。

回头一望，岛上已经冒起了浓浓的黑烟。外海的船只一定看到遇难者的求救信号了，所以我们一刻不停地加紧划行。

岛上的一群人则纷纷爬上瞭望塔，沉默地凝望着外海的帆船和我们渐渐变小的舢板，连午饭都忘了吃。

刚毅的川口自从竭尽全力发出犹如雷鸣般的"啊"的一声

之后，就因为太过开心再也说不出话来。在那种状况下，任谁都会如此吧。“啊”相当于“有船”“有船帆”的意思。

不必说，留在岛上凝视着外海的十一个人胸中一定满是激动，但他们谁也没有开口，眼中溢满了泪水。年轻人兴奋了一阵子，但立刻就平静了下来。老人们果然沉得住气，他们犹如石头一样笃定。前辈们不论什么时候，都要成为年轻人的好榜样，这就是船员的伟大之处。

风呼啸而起，波浪的飞沫在海面立起了一道白边，舢板就像野马般在白浪里向前挺进。正是现在，划桨手将期望托付于如铁一般的双臂上，把船头对着目标帆船奋力前进。然而，不论再怎么划动，那帆船仍然遥不可及。最初看起来好像离我们很近，但我们划了四个小时却没有靠近多少。我们划出岛屿的时候是正午时分，过了下午四点，才终于接近了帆船。

我穿上自遇难以后已五个月没有穿过的裤子和上衣，戴上船长帽。水手长和三名划桨手也轮流在划桨手的休息时间穿上了衣服。这是我们船员应该保持的仪容，只不过因为我们是遇难船员，所以光着身体其实也无可奈何。

那时，我的望远镜映照出一个景象。

“哎呀，我是在做梦吗？”

再仔细看一次，果然没错。

“啊，是国旗啊！太好了，是日本的船啊！”

“啊？日本的船？太棒了！”

水手长和水手把刚穿上的衣服粗暴地脱扔到一边，更加猛力地划行起来。

帆船眼看着离我们越来越近，我们的热情仿佛也将它拉得更近了。终于，我们的舢板靠到了帆船边上，接过了帆船丢下来的缆绳。我们把舢板系在帆船的舷边，攀爬着从上面垂放下来的绳梯，像猴子一样敏捷地爬上了帆船的甲板。

第一个站上甲板的我，一看到聚在一起望着我们的帆船船员中央站了一个人，就忍不住“啊”地欢呼了起来。那个人是这艘“的矢号”帆船的船长，也是我的好朋友——长谷川先生。感谢老天，让我们两人在这大洋的正中央相遇了。

在“的矢号”上

我们登上的船属于斯库纳型，重达一百七十吨，名叫“的矢号”。它是受政府委托，从事远洋渔业的帆船。为了调查这片少有船只经过的海域，所以才朝西避开暗礁，经过了珀尔和赫米斯环礁的北部海面。在航行中，突然看到海平面有两三缕的黑烟升起。

“恐怕是外国的军舰遇难了吧。如果有地方下锚的话，无论如何先停泊下来再说。”

因此，他们在距离我们本部岛十二海里（约二十二公里）的外海下锚。

“有小船划近。”

“是日本的舢板。”

“有黑黝黝、光溜溜的土人坐在船上。”

听到值班的人用望远镜瞭望后做出的迅速而准确的报告，

“的矢号”的长谷川船长把我们想象成了遇难的土著。

果真如报告所言，有五个乌漆麻黑的土著沿着绳梯爬上了甲板。只有一位像是酋长般的人物，穿着得体的衣服。那个人站在甲板上，明显是因为看到了长谷川船长的缘故，突然间大声叫道：“啊！长谷川！”然后张开双臂直奔过去，一副快要扑上去的模样。

长谷川船长吓了一跳。

“啊……”

他正想仔细把土人的长相给看清楚，却被土著的双手用力抓住了。但是，好朋友不愧是好朋友，立刻就认出对方来了。

“啊！中川，你怎么会在这里——”

“‘龙睡号’沉了……”

“兄弟们都还平安吗？”

“全体平安。”

然后，我被引导到船长室。概略地说明了遇难经过之后，我请求他的援助。

“如果现在能马上援助我们十六个人，当然是再好不过了。但是，你们的船还有渔业任务没有结束，突然有十六个人要照顾，粮食和饮用水也会成问题吧。况且也会妨碍你们工作。所以，你看这样如何？能不能先带我们其中一个人回去日本，向报效义会报告我们遇难的情形。如果这样没办法，那能不能先帮我带一封信回日本呢？目前，我们虽然有两个病人，但是在一两年之内，还没有性命之忧。而且，借着十六个人到目前为止的研究，我们有自信接下来在岛上生存几年都不是问题。米在节省使用之下，大概还有六十三升。”

长谷川船长两手交叉，闭着眼睛听完之后说：

“正如你所知道的，‘的矢号’才刚刚到达目标渔场，正要开始我们的工作。所以没办法立刻接你们十六个人上船，带回日本去。因此，在捕鱼作业结束以后，我再带大家回去吧。不过，待在这个岛上，维系生命的饮用水一定很缺乏吧。明天，我先把你们十六个人送到有干净水源的大岛——中途岛去。请你们在中途岛等候‘的矢号’的作业结束。

“我们会提供米、寝具、衣物等任何用品，让你们不虞匮乏。我们船上也有效果优良的药品可以提供。

“中途岛在距离这里不到六十海里的西北方。总之，今晚你们就在这艘船上好好休息，吃一顿白米大餐吧。明天一早，我会尽量将本船驶近小岛那里。”

这段时间里，水手长和三名水手则被引领到水手室，接受“的矢号”船员们富有同情的诚挚招待。

在众人的询问之下，他们开始说起岛上的生活。船员们围着四个人，睁大了眼睛听得入神，既是佩服，又是惊讶。

“噢！”

“哇！”

众船员不时发出呼喊声，有时又低头叹息。听到病人和取海豹胆的事情，有些人忍不住开始眼角泛泪。

“的矢号”的水手长亲切地说：

“我们船上有上好的药品，毕竟是官方的派遣船呀。连‘熊胆’也有呢。请放心，本船虽小，你们就当作搭上了大船吧！”

有人深受感动地说：

“真是太神奇了，在这平常船只不会经过的地方，这种太平洋中央的无人岛上，竟然来了两艘日本船。一艘遇难，另一艘来救援。命运真是不可思议啊！”

“快来享用大餐喽！”

上层甲板的遮阳帐篷下，特别为我们准备出了五个人的位子。桌上摆着五个人许久都没看见的雪白、紧实的米饭。但是，我无论如何都咽不下去。

“啊，太好了！我们十六个人得救了——”

光是想到这个念头，我整个胸口就开始沸腾起来。茶喝进肚都根本没有注意到它的味道，更无心享用桌上盘子里精心准备的菜品……

水手长和水手们的心情想必也一样。他们吃了一大口饭，却在嘴里嚼个没完，泪水一颗颗地滴下来，然后半欠着身，不时窥探着我的脸。

“我们快点儿把这个好消息告诉岛上的伙伴吧！”

我很明白那是给我的暗号，他们一定也是食不知味吧。我们再也无法静静地坐在这里，慢慢地嚼白饭了。于是，我站了起来。

“长谷川兄，谢谢你。但我想尽快让岛上的兄弟们高兴一下，所以我要回去了。这碗饭就让我当成路上的便当吧。”

“虽然没什么风，但海浪有点大，在夜里回去太勉强了。你们就在这儿待一晚吧。”

尽管“的矢号”的船长十分体贴地挽留，但我们还是在和他约定好明天将“的矢号”驶近本部岛后，在傍晚五点多再次坐上舢板，离开了“的矢号”。

在确定本部岛的方位以后，我们就精力充沛地划了起来。

欢喜的早晨

岛上的人在日落之后很快便燃起了熊熊篝火。大伙儿整夜轮班，维持篝火不灭。那时候，大家才开始聊起了闲话。

“不知道是哪一国的船啊。”

“他们会愿意救我们吗？”

“也许是开往遥远外国的船。”

年轻人睡不着觉，即使夜深了仍然聚集在篝火旁。渔业长和小笠原老人轮番安慰着年轻的伙伴们：

“值班的人醒着继续生火就好了，其他的兄弟都去休息吧。不管你们在这里如何猜，也无济于事的。船到桥头自然直。这种时候所需要的，就是所谓‘稳坐钓鱼船’的气魄。放下心吧。好了好了，快去睡觉。”

小小的舢板漂浮在太平洋中央的波浪上，风有点儿太强了些，但仰赖云缝中闪耀的星光，我们依旧拨开浪头向前划行。“十六个人得救了”的喜悦赋予我们手臂超越原本的力量。在这种状态下，两只手臂就像电动机器，一点儿也不会疲倦，只是不断地划着。

大约半夜一点，舢板上的我们发现海平面上的某处有一朵红云。是岛上生起的巨大篝火映照在云上了。已经可以放心了，就快到小岛了。

凭着火光映照的红云，我们划了一整夜。第二天，也就是九月四日黎明，我们回到了岛上。那时，年轻人都已经睡了，只见篝火值日生、瞭望塔值日生和几个老人跑向海滩。

“喂，得救喽！大家快起来啊！”

这句简单的话就像捅了马蜂窝一般，使得整个岛顿时欢声雷动。

我们终于得救了。要从小小的无名岛搬到六十海里外的隔壁大岛——中途岛去了。

大家欢天喜地地开始准备行李。每个人把各自调查的事物整理好，然后把质量较好的用品收集起来，再收拾小屋。

粮食组长大副对大家说：

“各位，谢谢你们忍耐、克制了这么久。今天，我要好好做顿好吃的，你们不要客气，随便点。”

年轻人都喜上眉梢：

“我要吃扎实的白米饭。”

“请帮我做一道咖喱饭。”

“开一个菠萝罐头吧。”

“麻烦你，我要甜甜的炼乳。”

炊事值日生忙得手忙脚乱。

在十六个人开始吃今日岛上的第一顿，也是最后一顿丰盛早餐前，众人一同在海里沐浴净身，朝着遥远的日本的方向，诚心诚意地向神明祈祷。

然后，我向排成一列的所有人说：

“离开这座岛的日子终于来了。仔细想想，你们克服了那么多艰难和困难，努力地活出了海国男子汉的精神。

“一个人的力量很微弱，智慧也不够。但是，一旦十六个人的诚心和认真努力地结合在一起，就会变得非常强大，成为一股难以估计的潜在力量。因此，我们才能在这座岛上，出色地、开朗地、没有一天愁眉苦脸地活了下来，并且还为了彼此能够成为更加优秀的人才，付出了相当多的努力。

“来到这座岛上后，我们才第一次这么认真地自我锻炼，磨炼心志，进而明白到心灵的力量有多么强大。在我们十六个人团结一心的强大力量前面，没有不安，也没有担忧。不论是吃的、喝的，大自然都赏赐给我们。海豹、鸟儿、云、星星都来与我们为伴，温柔地安慰我们，这都是因为你们有着高洁、勇敢而且慈悲的品性。我由衷地感谢各位。

“接下来，我们要在邻近的中途岛度过三个月，等待‘的矢号’来接我们。迁移到中途岛之后，希望各位能将在此地的经历总结起来，精益求精、淬炼到完美的地步，并且做得比现在更好。我再次向你们致敬。”

我怀着真诚的心情向大家道谢。

十五个人有礼貌地向我鞠躬。大家宛如铜像般呆站了好一会儿，还能听到一些啜泣声。

小笠原老人向前跨出一步。低头行礼以后，他断断续续地说：

“按照年龄的老幼，由我来代表大家……我只是感到无比庆幸。我活到这个年纪，是在这座岛上第一次活出了人生的价值。如今，我的心就像大海那么广阔、巨大、强壮。

“谢谢您，今后也请多多指教。”

当时的感动心情我一辈子都不会忘记。大家也这么说着。我感受到心与心之间交流的宝贵回响。

大伙儿开心地吃起早餐，不绝的笑声沸腾在各个角落。水手长向川口提起了在大船时的重要信息。

“‘的矢号’上备有精良的药品。也有‘熊胆’哦。很开心吧？不再需要‘白鼻’的胆了，那家伙的命捡回来了。”

近日萎靡的川口又开始挺起胸，“哇哈哈哈”地发出了打雷般的笑声，看上去高兴极了。其他十五个人也一起“哇哈哈哈”地大笑起来。

饭后，大副提醒众人：

“在‘的矢号’的成员登陆这里之前，你们至少要先把裤子穿上吧，打赤膊的日子要结束了。”

再会了，小岛，海豹们

于是，这天下午“的矢号”航行近本部岛的外海，放下了一艘舢板和三艘渔船，船员们来迎接我们十六个人了。

“的矢号”的船员看到岛上的所有设备，佩服得五体投地。他们瞪大了眼睛看着海龟牧场，也试着拍拍我们海豹好友的头和肚子。川口也把“白鼻”介绍给了“的矢号”的人。

“的矢号”的船员帮忙用“龙睡号”的舢板和“的矢号”的四艘小船，多次来回于母船与小岛之间载运行李。这些行李都是些不太寻常的东西，除了搬家需要带的行李之外，又载送了大量的海龟作为“的矢号”的粮食，以及储存在油桶里的珍贵雨水三十桶和将漂流木劈好用于煮饭的柴火达八十五束。

国后、范多、川口等与海豹友谊特别深厚的弟兄知道从此以后再也见不到它们了，于是前去离情依依地和它们告别。观者无不动容。

海豹们似乎也察觉到了我们十六个人即将要离开小岛。它们跟在舢板后面或游或潜，一直送行到外海的“的矢号”附近。

“的矢号”的长谷川船长眼眶泛红地说：

“我从来没看过野生的海豹这么温驯。这会成为报告的好材料。”

傍晚，“的矢号”终于在渐渐猛烈的海风中扬起了帆，离开了本部岛。我们十六个人眼里含着泪，凝视着那令人怀念的小岛，直到看不见为止。

原本以为要在中途岛上暂住的十六个人，出乎意料地竟然被留在了“的矢号”上，和他们一起继续航海。

这是出自于以下的理由：

一开始，我们划船到“的矢号”请求救援时，“的矢号”的水手和渔夫在听完十六个人的岛上生活之后，个个都感佩不已。

“真是太了不起了！”

后来，我们划舢板回岛上报信之后，他们一直在谈论着我们十六个人的话题。那天太阳下山后，“的矢号”的水手长走进水手室里。

“喂，各位注意听。明天，我们要把十六个人送到中途岛去。”

“为什么不能让他们乘坐我们的船呢？”

“若是担心粮食和水的问题，我们可以减量到一半，就算是四分之一也能将就。拜托请让他们留在我们的船上吧！”

“说得对。那十六个人是我们的典范啊！”

“大家一起去求船长吧！”

因为这个缘故，船长接受了众人的请愿，让我们十六个人留在了“的矢号”上。其实，船长自己最初就打算这么做，但是这么一来船上的人数将会增加一倍，白米的存量还可以撑上几个月，所以倒也无妨，但是水槽的大小却有限，就算将每人一日用水的分量减少一半也可能不够。要是往后几天不下雨，水得不到补充的话，就必须得再减少到三分之一。手下的船员们真的能忍耐到这种程度吗？因为这层顾虑，尽管他很同情我们十六个人的遭遇，但在一开始还是表示需要让我们在中途岛上等待。

祖国的土地

“的矢号”尽可能地节约用水，继续着愉快的航行。自从十六个人搭上船之后，船内的气氛变得轻松了许多。“的矢号”的船员非常勤勉，而且守纪律。那是因为他们看到这十六个人为了报恩，加倍用心地在“的矢号”上工作，于是潜移默化之中也开始仿效。

岛上教室移到了“的矢号”的船内进行，部分“的矢号”的船员也加入学习，“龙睡号”的船员终于可以完成学业了。此外，“的矢号”最后也以丰富的成果完成远洋捕捞作业，返回故国日本。

明治三十二年（一八九九年）十二月二十三日，我们十六个人泪眼迷蒙，激动地仰望白雪皑皑的灵峰富士山。船只在顺风吹送下平安地进入了骏河湾。在下午四点，我们静静地驶进了被夕阳染红的女良港。

我们十六个人对“的矢号”的人们表示衷心的感谢，并带着“好，要上岸了”的高涨情绪，时隔一年再次踏上了祖国的土地。众人下船后直接前往了女良港奉祀的神社参拜。

岛上的学习有了相当的成果。听说以前连字都写不好的渔夫和水手们给家人写了通情达意的书信，他们父母和兄弟因此感到既惊讶又欢喜。此外，四名青年在翌年一月通过了通信省船舶职员考试，取得了驾驶员资格。光凭这些成果，无人岛上的生活就没有白过，我因此感到十分欣慰。

那之后没过多久，我们十六个人又再次乘船出海了。

中川船长说完了这个漫长的故事，我（须川邦彦）才如梦初醒般看向四周。由于我太沉醉于故事里，一时间还以为自己身处于夜色笼罩的女良神社森林，盘着腿坐在树枝交错的杉木底下。练习船“琴之绪号”的桅杆宛如一棵大树，而巨大的帆桁则是交错在头顶的大树枝。

从仰望的帆桁之间，我看到了银河。夜已深沉，到处都被夜露所濡湿。从帽檐滴落的露水，与我的眼泪一同流下了脸颊。

图书在版编目（CIP）数据

无人岛生存十六人 /（日）须川邦彦著；陈娴若译.
—北京：文化发展出版社有限公司，2018.1
ISBN 978-7-5142-2017-9

Ⅰ.①无… Ⅱ.①须… ②陈… Ⅲ.①纪实文学—日本—现代 Ⅳ.①I313.55

中国版本图书馆CIP数据核字（2017）第297307号

本简体中文版翻译由台湾野人文化股份有限公司授权。

无人岛生存十六人
著　者：〔日〕须川邦彦　　译　者：陈娴若

责任编辑：肖润征
特约监制：赵　菁　单元皓
特约编辑：郑晓娟
装帧设计：所以设计馆
邮　编：100036
出版发行：文化发展出版社（北京市翠微路2号）
网　址：www. wenhuafazhan.com
经　销：各地新华书店
印　刷：河北鹏润印刷有限公司

开　本：880mm×1230mm　32开
字　数：140千字
印　张：7.5
印　次：2018年2月第1版　2018年2月第1次印刷
I S B N：978-7-5142-2017-9
定　价：35.00元